《冥境英雄》

《冥境英雄》(The Hero of Anwyn)
作者：喀欣卡・范史普昂戴爾 (Cathinca van Sprundel)
封面設計：卡門・普魯夫 (Carmen Ploeg)
編輯：珍・明克曼 (Jen Minkman)
英文翻譯：瑪琳・烏斯特班 (Marleen Oosterbaan)
中文翻譯：孫運瑜 (Christine Yunn-Yu Sun)

荷蘭文原著於 2019 年由 Dutch Venture Publishing 出版

中文紙本書於 2022 年由電書朝代製作發行，推廣銷售
電書朝代 (eBook Dynasty) 為澳大利亞 Solid Software Pty Ltd 經營擁有
網站：http://www.ebookdynasty.net/
電郵：contact@ebookdynasty.net

目錄

親愛的讀者：

　　歡迎來到戴伏德 (Dyfed) 和冥境 (Otherworld) 的世界。我希望你會喜歡這本小書，它的創作靈感來自於十四世紀載於兩部手稿的古老威爾斯神話故事集《馬比諾吉昂》(Mabinogion)。

　　我在荷蘭的萊頓大學 (University of Leiden) 唸書期間讀到這些神話，當時卻不知道自己會因而走上創作之路。我試著用自己的方式讓這魔法世界重生，和各種年齡的讀者分享。

　　這本小書的故事尤其受到「馬比諾吉昂的第一個分支：戴伏德之子皮威爾」(The First Branch of Mabinogi: Pwyll, prince of Dyfed) 的啟迪。我希望你會喜歡書中主角前往冥境的旅程，並因而靈感大發，激勵心神，創造出屬於你自己的故事。

　　在此祝你閱讀愉快。

你誠摯的

喀欣卡 (Cathinca)

《冥境英雄》

The Library
圖書館
Arawns chambers
冥境之王亞隆寢居
Great hall
大廳
Training field
訓練場
Entrance hall
門廳
N 北
西 W
O 東
Z 南
Anwyn
冥境皇朝

《冥境英雄》

第一章：獵人
皮威爾

　　我當初實在不應該貪求那隻白鹿，遺憾的是，只等到我出口同意了那個足以改變我一生的約定之後，我才明白這一點。而在那之前，我正全心投入這次追獵和它所象徵的榮耀。

　　「誰能抓到那隻白鹿，就可以得到我最好的劍帶！」我在一片馬嘶狗吠的騷亂中大喊。

　　我聽見身後傳來弟弟伊凡的叫聲：「還有我最好的一把刀！」

　　「那就加把勁吧。你沒剩下幾把刀啦！」我回叫一聲，卻不確定他聽見了我的話。我催促坐騎歐班前進，一面在馬背上壓低身子。不能讓這難得的獵物逃走。我誠心祝願大家好運，卻決心要自己手到擒來。我把長矛挪到一邊，同時低哨召喚獵狗，不經思索便夾緊雙膝，指揮著坐騎穿過樹叢。落葉在四周飛舞，我不顧拂打在腿上的低枝，一人一馬呼出的氣息凝成白霧，冷冽的空氣讓人喉嚨生疼。這個秋日的早晨本來是溫暖而陽光普照，天氣至此卻轉壞了。

　　眼角閃過一道白影，馬背上的我立即坐直了身子。在那裡！牠這次可逃不了啦。我讓馬轉過身子，加快速度。我汗濕的短髮貼在前額，歐班的鬃毛感覺也濕漉漉的。我知道那隻雄鹿也累了。上坡的樹叢逐漸稀疏，最終露出一片空地，而牠就如君主般榮耀地站在那裡，一動不動，周遭都是獵狗。那犄角的長勢顯示牠只有幾歲大。我看得出來，牠的心幾乎要躍出喉頭，滿身豐茂的白毛皎如霜雪，散發出霧般的汗氣。牠得以存活至今只能說是好運，大自然對於各種異樣的存在總是毫無慈悲。哎，還是讓牠一死了事，喪生在我的矛尖之下總比被狼群咬死要強。

　　若能捕到這隻白鹿，我的地位絕對會更顯赫。牠會是某種好運的徵兆。特別是我不久之前失去了父親，現在絕對需要一點好運。然而伊凡和其他人呢？他們應該早就趕上來啦？嗯，他們自己動作太慢。這可怨不得我。

我把長矛往後拉，正準備擲出，一群獵狗卻突然跳出樹叢，直撲那隻雄鹿。牠們在幾秒鐘之內就咬住鹿的喉嚨，將牠壓倒在地上。我震驚不已，乍然之間不知所措。這些矯健的灰狗並非我的十三個獵伴所有。我立刻憤怒起來：我上山下海追蹤這隻白鹿，可不是為了讓牠被什麼陌生的狗群咬死。

「都給我滾開！這鹿是我的！」我吼叫著縱馬上前。歐班的長腿和我的矛尖足以驅趕狗群，牠們便夾著尾巴跑了。

我下馬檢查白鹿，只見牠躺在地上，被狗群咬得遍體鱗傷，眼中的生命神采卻尚未黯淡。我抓起長刀，緩步上前，輕易地避過牠抽搐的四肢而抓住牠的犄角，就此結束牠重傷的苦痛。我把刀刃上的鮮血在草叢裡抹淨，然後插回刀鞘。

「謝謝你讓這次獵捕值得，也希望你在來生好運。」我照母親教導的那樣喃喃祝禱，隨即技巧地割下鹿頭，放入我從馬鞍處取來的一個袋裡。我低哨召喚獵狗，讓牠們去處理殘存的鹿屍。

現在追獵結束，我感到疲累萬分，肺部也因為冷空氣而刺痛，讓我咳嗽起來。我徒勞無功地捶了幾下胸膛，氣喘連連，喉嚨發緊。我倚靠著歐班站直身子，慶幸自己此刻是孤獨一人，因為我不喜歡別人看見我這副樣子。我腦中浮現母親的話：「保持冷靜，這一會兒就過去了，總會過去的。」我眼中湧出淚水，緊縮肩膀，幸好這次發作為時不長久。我希望自己能聽見弟弟或其他獵伴的號角聲，自己卻無論如何也沒有力氣吹響號角。

我警醒於樹叢傳來的簌簌聲，原來是先前被趕跑的灰色獵狗之一，此刻正踏入空地，雙耳平貼，雙眼發光。其他獵狗在牠身後出現，狗群之中更有一個高大的身影。這人使用武器的技巧若能配合那壯碩有力的身形，就足以成為兇惡的敵手。他的一頭黑髮有如獅鬃般散落在臉部四周，一圈短鬚也是漆黑的。他的臉部一邊有線條細緻的刺青，往下延伸沒入短袖灰布衫。我的獵狗注意到他，豎起耳朵，低鳴著跑走了。

「你這獵人，」那人低沉的聲音彷彿有回音。「我知道你是誰，卻不歡迎你。」

這並非直接挑釁，卻也不是友善的招呼。我認識這人嗎？不，我若是見過他就一定會記得。他穿的不是戴伏德的顏色，而儘管那一身衣著看起來是新的，他卻也不是辛布蘭的那些新貴之一。

「你的地位如果比我高，就不需要表示歡迎。但我不認為如此，」我說。我為父親誌哀的守喪期已經結束，再過不久，我就會正式加冕為戴伏德的皇子了。而到那時，就只有辛布蘭國王的地位足以和我匹配。

那人嘲弄地哼了一聲。「這和地位無關，」他回答。「問題在於你的愚蠢和無禮。」

我皺起眉頭，勉強按捺動用兵器的衝動。他是想激我出手嗎？

「愚蠢和無禮？」我啞著聲音反問。

那人撫著一隻灰狗的頭，眼光卻不離開我。「我的狗捕到了獵物，你卻像趕老鼠那樣把牠們驅走。」

什麼？我站直身子，怒瞪著他。怎能說是**牠們的獵物**？我花了幾個小時追蹤這隻鹿，也出手終止了牠的性命，牠當然屬於我，他卻敢據為己有？然而我這些憤慨的反駁沒能說出口，因為我注意到那人的金色眼珠。他不是人類，而是來自冥境。

我不太記得各種關於冥境的故事，唯一確定的卻是自己無論如何也不能和來自冥境的人為敵。儘管如此，眼前的我顯然已經激怒了他。

「我很抱歉自己冒犯了你，」我想改正自己的錯誤。「你說你知道我，我卻不認識你。請問你是誰？」

他的神情明顯在說，我有大麻煩了。我的喉嚨感覺比先前更乾。只能勉力控制自己不咳嗽出來。

「我的名字是亞隆，我是冥境之王。這鹿是你的，我也不會向你尋仇，但我要告訴你，你和你的家人都無法避免厄運。」

他的話讓我頭皮發麻，這訊息更有如重擊。我的愚蠢不但給自己惹上麻煩，更牽連到我的母親、弟弟和妹妹們。「亞隆，請聽我說！」

那人已經轉身要離開了。

「請原諒我，讓我能彌補這一切，至少能保全家人。」我走上前，他也回身走近，直到彼此之間只有大約一公尺的距離。我的呼吸在空中凝成白霧，他的氣息卻似乎是冰涼的。他凌人的氣勢讓我覺得自己像個三歲小孩，我卻抑制住自己向後退縮的本能。我不是一家人之中動作最快的，當然也不是最聰明的人，卻沒有人能說我懦弱。亞隆好整以暇地打量我：我們之間的差異再明顯也不過了。我個子小而結實，大概也比他年輕許多，特別是我才十七歲而已。我花了好幾年磨練戰技，這才終於擺脫了過去的骨瘦如柴。

「要保全你的家人也有辦法。」他露出狡猾的笑容。

「你要我做什麼？」我平板地問，感覺汗水流下後頸。

那人開始繞著我打轉，像掠奪者窺伺獵物那樣。「我們冥境有一個名叫哈夫根的戰士，他想篡奪我的皇位。我以前和他打過，擊敗了他，但因為我犯的一個錯，他至今還活著，也每天變得更為強大。我不能再和他對敵，但你可以。」

他似乎是在自言自語，那對金色眼眸卻始終盯著我。我努力保持神情鎮定，卻聽不懂他的話。威武懾人的冥境之王竟然打不過這個名叫哈夫根的戰士？

「如果你需要，我可以做你的頂尖戰士。」話雖然這樣說，我真不知道自己對他能有多少用處。我擅長於一對一的搏鬥，也憑著自己的優異戰技，在去年的錦標賽中讓眾人刮目相看。但我能有機會擊敗來自冥境的人嗎？

我叫自己勇敢一點。若我真得死，死在劍下也比被厄運毀滅要好。

「你要做的還有更多，」亞隆低語。「你能面對挑戰嗎？」

「只要你能保全我的家人不受詛咒，我就願意和他對戰。」這話聽起來遠比我感受的要堅決多了。「這個哈夫根在哪裡？」

我看著簌簌抖動的樹叢，幾乎要以為他會當場現身。亞隆往旁邊站了一步，我不禁微微嘆口氣，只見一隻雙眼血紅的灰色獵狗踏出樹叢，在主人腳邊打轉。

「隆冬的前一日，我們在冥境邊界的無人地帶碰頭，」亞隆說。

我感到一陣寒顫竄下背脊。「你告訴我怎麼去，我就會赴命。」

「你最好不要爽約。我要你改變外貌，換成我的樣子，然後直接去冥境的皇朝。你看起來和我一模一樣，沒有人會認得你只是個十七歲的人類。你到那裡，就可以用我的任何東西：我的金銀財寶，錦衣玉食，隨從侍衛……你愛怎麼用就怎麼用。」他攤開兩隻大手，我至此卻已經說不出話來了。**他的外貌**？這一切都是真的嗎？不是我發瘋？

「這真的有必要嗎？」我結巴起來。「我不能只用自己的模樣幫你對付敵人就好？」

亞隆搖搖頭，雙眼明亮如焰日。「要是有人知道我自己無法和哈夫根對敵，更多的叛徒就會心生反抗。當時我仗劍一擊就打敗了他，他躺在我腳邊等死，哀求我就此結束他的性命了事。我大發慈悲，這就是我犯的錯誤。我再次揮劍，他不但恢復了健康，而且在那之後，我每次擊中他，都只會讓他變得越來越強，因為他吸收了我的力量。這就是他為什麼要再次和我打，因為他永遠都能因為我而更強大。只有從來沒有和他戰鬥過的人才能擊敗他。所以我才需要你。你只要打敗他，就能挽救你的名聲，更能拯救冥境和人類自己的世界。」

我潤了潤乾燥的嘴唇。要去冥境，還得裝作冥境之王的模樣，這簡直是異想天開，更是巫師和傻子的把戲。從未有人能從冥境歸來，只除了那些喪失心智的老人們。而我若是就此消失，直到隆冬之後……不，我不能就此離開，特別不能是現在。

「你在猶豫，」亞隆看著我。「這挑戰太艱難了嗎？或者你只要我下詛咒就好？」

「不，不是的，」我立刻回答。「我只是在想自己的家人，還有我的王國。他們會懷疑我到哪裡去了。再過幾天，我就要正式加冕為戴伏德的皇子了，還得和辛布蘭簽訂新的和約。如果我就此消失，整個王國必定會陷入騷亂之中。我不能做這種事，不能讓我弟弟和整個王國製造事端。」

我不確定自己能善盡身為皇子的各種職責。父親在世時就表明過，希望我哥哥能繼位。然而眼前要繼承皇位的是我，只因為我父親和哥哥都已經死了。

「你不需要擔心這件事。我會改變成你的模樣，取代你的地位。」亞隆平板地說了這句話，就好像這是天底下再正常不過的一件事。我不禁懷疑自己前一天晚上是否喝了太多的酒。或許我此刻只是因為宿醉而躺在床上作夢。不，這一切感覺太真實了。

「你要毀掉我嗎？」我冷靜地問。

亞隆露出獰笑，看起來頗像一隻作勢撲擊的狼。「我不比你自己想毀掉一切呀。」

我只能向亞隆伸出手，希望自己不至於顫抖得太厲害。「那我就為你作戰，也為了我的家人，我的名譽，和你的友誼。」

「一言為定。」這大個子抓住我的手，把我拉近，一隻巨掌在我肩頭拍著，把我打得氣也喘不過來，眼前的一切轉為黑暗。

等眼前恢復光亮，我嚇得後退一步，眼前的人正是我：一個細瘦的少年，身形畢挺，一頭暗金色的髮絲直垂到肩上。我看見自己此刻的雙手已經變得像鏟子那樣大，風把亞隆鬃毛般的亂髮吹過我的嘴角。

「你得花點時間習慣我的身子，到時候就能隨心所欲地運用了。你的思緒和技能還是你自己的，」我面前的這個皮威爾說著，卻不是我。「我說過，你可以動用我的一切。就算是我對你相助的答謝。」

　　我猶豫地移動這個厚重的身軀，感覺整個重心完全改變了。我伸屈著手指，摸著自己的臉和鬍鬚，試著對抗滿溢心頭的恐懼。這實在太瘋狂了，不可能是真的。我竟然存在於另一個人的身體裡。

　　亞隆不給我時間恢復理智，反而彈了個響指，我面前的空中便出現了類似甬道的門戶。我看見甬道另一端有一條大理石板鋪成的路，往前延伸至一座高牆環繞的城池。

　　「走吧。我的狗會帶你去冥境，」亞隆用我嘶啞的聲音說。

　　我穿過甬道的時候聽見伊凡在遠方的號角聲，卻不知道自己是否能再見他一面。

第二章：婚約

莉安儂

人類曾經稱我們為「金髮族」——也就是永生族——現在卻不用這個稱謂了。如今的我們只是「來自冥境的人」。至於那些小仙子和我們之間到底有什麼分別，人類根本就沒有概念。這有一部份是亞隆自己的錯。在布林默爾的爛攤子之後，他就禁止我們涉足人類的世界。只有魂靈那種比較低等的永生族類可以在不同的世界之間來回。對冥境皇朝大部份的朝臣而言，這沒什麼大不了的。他們耽溺於無止盡的飲宴嬉鬧，只有我等不及要離開這裡。

我撫著前額，想著一定有什麼辦法能說服亞隆讓我離開，但他大概會認為我太年輕，又缺乏經驗。眼前的地圖載明了前往人類世界的各種通道，我將之捲起，小心地用絲帶紮好，和其他的特異地圖放在一起。我用來閱讀的小桌上還有幾本書，內容都是不同的人類種族和習俗，他們的語言發展，還有幾個皇室的族系列表。我該先讀哪一本？

在此同時，我試著不去理睬那在空中旋舞的羊皮紙卷。「莉安儂！莉安儂！」它像麻雀那樣吱吱喳喳，持續叫著我的名字。我若要稱心如意就會一把火把它燒掉算了，這在冥境的圖書館裡卻不是什麼好主意，畢竟亞隆已經用各式各樣的藉口禁止皇朝的其他人來這裡了。我伸手抓過紙卷，將之打開。到底有什麼要緊事？

聽說塔弗林赤身露體地從葛蒂絲的房間逃出來，還被她追著逃過整座皇城，這是真的嗎？——艾妮德

我翻翻白眼，把紙卷揉成一團，它卻掙扎著逃出我的手掌心，繼續在空中飛舞扭動。

「不，這不是真的。塔弗林去樹精的湖裡游泳，想恢復精力，樹精卻偷了他的衣服和鞋子，讓他只能光著身子回來。葛蒂絲就喜歡無中生有，」我大聲回答。那紙卷在空中跳動兩下，隨即帶著我的答覆去找送信人了。我用手扶著頭。愚蠢的皇朝閒話，就好像我只會鬪謠似的。

「莉安儂，別這麼無精打采嘛。天氣很不錯呢。」一個熟悉的聲音在附近響起。我抬頭看見袞納達走進閱讀室，壯碩的身軀直落在一張沙發上。那沙發發出呻吟，不勝負荷，卻在他的低吼之後變得安靜無聲。

「既然天氣好，」我回答。「你又怎麼不待在外面，去森林打獵或到河裡游泳？」

袞納達揚起嘴角，一張臉的其他部份卻毫無動靜。他的一頭金色短髮四處亂翹，肩膀上散落著各種枯枝敗葉和蜘蛛網。他的鬍鬚還是像往常一樣散亂，赤裸的上身和骯髒破洞的褲管卻說明了一切。

「有那麼難啊？」我大聲說著，過去坐在他旁邊的椅子上。

「妳什麼都看得清清楚楚，對吧？」袞納達咕噥一句。「早在時間剛開始的時候，這似乎是個好主意。我把死去人類的魂靈帶進恆光的大門，然後守在那裡，不讓整群惡鬼破門而出，亞隆則負責協調管理這群雜亂無章的永生族類。」

「現在有那麼多人類的魂靈要監管啊？」

「是啊，但我要處理這一大堆魂靈還是綽綽有餘。只不過，我要操心的還不只這件事。我得隨時監督那扇門，因為那個混蛋哈夫根總是想破除各種栓鎖和符咒。他不知道，那群惡鬼是無法馴服的。要是亞隆不儘快處理哈夫根這件事，我們就有大麻煩啦。妳知道我那個哥哥此刻在哪裡嗎？」

我閉上眼睛，專注心神，隨即搖搖頭。這動作讓我繫在頭頂的髮辮鬆落下來，落在膝蓋上。

「他不在附近，似乎也封鎖了心靈。」我再次繞好髮辮，用幾根別針將之固定在頭頂。「誰也不知道他什麼時候才會回來。」

「真糟糕，」袞納達說著便站起身來。「我得回去了。告訴亞隆，他得加緊行事才行。」

我點點頭，看著他離開。我知道他會先去廚房，然後無聲無息地離開皇朝。他慣常避開其他朝臣，皇朝的其他人對他也敬而遠之。

「你有沒有想過要找人幫忙？」我大聲問。

巨熊般的壯漢在門口轉身。「幫忙？」他問。

「找人幫你處理各種事，分擔責任啊。甚至是能接替你的人。」

袞納達尖刻地笑了。「就憑這裡的一批軟骨頭，真想幫忙，也沒有誰能助我一臂之力。這些人算是幸運，有亞隆願意在乎。換作是我，就讓他們自生自滅算啦。」

「我們不像人類那樣生兒育女，有時候真讓人難遏。」我說這話的時候還在想那些人類皇室的族系列表。「他們總是有繼承人。」

「哎。不過，還是要謝謝妳的建議，我會考慮的。」他離開了，我卻發現自己傻兮兮地笑著。那簡單的一聲「謝謝」讓我感覺良好，畢竟我的天賦並不常有人賞識。

皇朝的每一個永生朝臣都有魔法，各自也具備獨特的天賦，可說是應有盡有。我有時候希望自己能像葛蒂絲那樣飄飛，或像艾妮德那樣治病療傷，甚至像塔弗林那樣無堅不摧。他們的這些天賦比我所謂的「洞察力」更引人注目。

我只要動念，就能感知冥境中任何人的所在位置。我可以輕易看透別人想隱藏的事，面對任何牌戲或棋類競賽也是所向無敵。可想而知，沒有人願意和我玩這些東西。然而在此同時，也沒有什麼人在乎我這種洞察力。我是永生朝臣中最年輕的，大家因而不認真看待我。

我再次整理了髮辮，又伸了個懶腰，前方的桌面上卻突然出現三本我前所未見的書。它們排著隊飄浮到我面前，我伸手接過，開始翻閱。第一本滿是好笑的謎語，第二本是關於騎士的浪漫故事，第三本書幾乎是透明的，看起來有些荒謬，其內容極可能是未來才會寫成的一齣戲，或是人類世界才有的故事。真有趣啊。

「我猜這是個提示，我應該停止用功，好好輕鬆一下，」我大聲對圖書館說。桌面上的書自動自發地排成整齊的一堆，然後投入憑空出現的一個皮製袋子裡。

「我能借你們回家啊？」

那袋子自動掛到我肩上，我不禁笑出聲來。就技術層面而言，亞隆的規定是沒有任何書能離開圖書館的閱讀室。然而他此刻不在這裡，圖書館又這樣善解人意......「多謝啦，我一定會儘快把書歸還的。」

那天下午，我帶著這些戰利品，縮在陽光下的一個小噴泉旁邊。我靠著樹籬，開始讀一篇浪費故事。那些男主角的英勇行為都被可笑地誇大，少數幾個女主角則只會嘆氣並夢想著真愛到來。儘管如此，我還是一篇篇讀了下去。我可以隱隱聽見背景是艾妮德的笑聲，她顯然在花園的綠色迷宮裡和朋友們嘻笑打鬧。那迷宮的樹籬和玫瑰花叢經常移動，是個極受歡迎的遊樂場所。我安於自己的所在，這裡有鳥鳴，有颯爽的秋風徐徐，大堆的落葉更是舒適的枕頭。

某種簌簌聲傳來，我嚇了一跳，迅速把書塞回皮袋。涼亭後方憑空出現了一個人。陽光直射過來，我只能瞇起眼睛。就那人的身材看來，應該是傑若特。他發現我在這裡，便故意走過來。他幹嘛要找我？又是什麼時候回到皇朝來的？

「午安啊，莉安儂。要找妳可真難，搞不好會有人認為妳故意要避開大家，」他不經意地說。他的雙手拇指插在腰帶裡。綠色束腰外衣兩側的皮製繫帶鬆垂著，就好像他才穿好衣服似的。那衣料的顏色突顯了他一頭捲髮的亮紅光澤。我伸手摒擋直射眼簾的陽光，這才看得清楚。

「我喜歡自己的安詳寧靜。」我冒出一句，隨即坐到噴泉邊上。**走開啦**，我心想。**全新的一篇故事在等我呢。**

「妳去過我在皇朝外的產業嗎？我想，妳應該也會喜歡那裡的安詳寧靜。」傑若特在我身邊坐下來。我感到胃部突然打了個結。

「皇朝有我需要的一切。」我卻等不及要離開這裡。

「是這樣嗎？我明顯地感受到，妳在這裡並不能安然自得。妳有這樣珍貴的天賦，應該和大家分享，卻總是躲在圖書館裡，要不然就縮進自己的房間。」

他笑了，露出白色的牙齒。看起來像一隻等不及要捕獵鳥兒的貓。我知道他的天賦是什麼，我自己的洞察卻警告我要遠離他。而到目前為止，我一直都能躲著他的。

「傑若特，你這話是什麼意思？」我不著邊際地反問，想掩飾自己的怒意。他彈了個響指，把憑空出現的一朵黃色水仙花遞給我。

「我們之間應該建立聯盟。我想，我們雙方對彼此都會很有用，」他回答。我接過花，避開他的凝視。胃部的那種不安感受更強烈了，我只希望他坐得不這麼近。

「承蒙你這樣看重，但我以為追求你的人是塔弗林。」

「塔弗林喜歡和許多人分享他的愛，我也感激於自己的所得。但在這許多年之後，我想尋找某種獨一無二的東西。」

我猛地站起身，差點掉了裝書的袋子。

「我是這裡最年輕的，還沒有準備好面對這種事，」我回答。**尤其不是和你一起**，我暗自加上一句。「我要進屋去。陽光太熱了。」

傑若特拉住我的手，讓我猛轉過身。「這真是太讓人遺憾了。考慮到妳我兩人的天賦……我們會是很棒的一對皇族。」

「皇朝已經有領袖了，」我尖厲地說。他這番話頗有反叛意味。難道哈夫根的醜惡臆論已經滲透到皇朝這裡？又或許傑若特的異想天開只是他自己的念頭？難道他也覬覦亞隆的皇位？這太瘋狂了。傑若特朝我靠近一步，把另一朵水仙花夾到我耳後。那甜膩的花香讓我想吐。

「妳還年輕。妳對求知也太感興趣，至少我是這樣聽說的。我有許多東西可以教給妳。改變是必須的——有時候甚至是無法避免的。」他聽起來像是在哄小孩。

「你自存在以來就宣誓向亞隆效忠，就像我們所有人做過的那樣。

你發過誓，絕不會用自己的天賦來對抗他，」我提醒傑若特。然而他眼中的狂妄顯示，他已經找到了這個承諾的漏洞。他花了多久時間才走到這一步？幾百年？幾十年？我逐漸困在自己踏入的這個陷阱裡。

「我當著亞隆的面發過這個誓，那時在場的朝臣也是見證。妳當時還不是皇朝的一份子，而生存於皇朝之外的那些比較低等的永生族類也不算在內。」

我吞了一口唾沫，開始理解他為什麼要把產業置於皇朝之外了。這樣做的也不只他一個──有些朝臣最愛的就是添置產業。但可想而知，這其中牽涉的絕對不只是單純建造一棟狩獵小屋。

「那麼，你兼併了那些族類？你想建軍造反？」我輕聲問。

「或許吧。等妳來參觀我的產業，一切就會真相大白了。我知道，妳會喜歡那裡的。」

「我更喜歡我的自由意志。」

「妳最好相信，那其實不很重要，」他說著便跪了下來。「就像我先前說的，我用得上妳，還有妳的天賦。我認為，我們之間的聯盟絕對會對我有所助益。既然如此……妳願意嫁給我嗎？」

我猛吸一口氣，咬緊牙關，卻立刻感受到他的魔力在我周身旋繞。傑若特的天賦很簡單：不管他提出什麼要求，任何人就是無法拒絕他。在一個承諾遠重於一切的世界裡，這是極為危險的一種天賦。語言的魔法是最強大的。這也是他向亞隆發那個誓的原因。那誓言保護了當時在朝的每一個人──卻不包括我，只因為我當時不在場。不……我不要嫁給他。我得堅強意志才行。不！我用雙手掩住口，然而我再怎麼嘗試，都無法控制自己的叛徒唇齒。

「我願意。」這聲音聽起來模糊不清，卻終究是我的聲音。憤怒的淚水刺痛了我的眼眶。這混蛋在利用我，更毫無羞恥之意。要是我不想辦法解決這件事，這輩子就得屈服於他的意志了，而我也永遠不會再有絲毫自主之力。

　　傑若特抬起頭，我便看見他眼中的驕矜。「真高興看見妳這麼感動啊。這正是我所期待的。等隆冬過後，我就會來接妳。噢——妳能答應我，不把我的計劃透露給亞隆和其他的永生朝臣嗎？妳可以說自己終於長大了，也很期待婚禮的到來。」

　　那個醜惡的混蛋。「我答應」三個字出口之際，我也在內心發誓，他會為這一切付出代價的。他會後悔自己對我做的這件事。而我也絕對會逃脫他的掌握——就算那是我此生所做的最後一件事，也在所不惜。

第三章：入主
皮威爾

我是皮威爾，班達仁和克萊拉的兒子，安迪潤、伊凡、梅芮和阿爾達的兄弟。我是皮威爾。

我在心中反覆唸誦著這幾句話，就這樣困在一個陌生人的身軀裡，抵達了這個更為陌生的地方。亞隆的獵狗群引領我走過各種特異景觀，感覺起來，唯一持續不變的只有腳下的大理石路面。石板鋪得整齊而緊密，上面沒有任何泥濘、凹陷或坑窪。相較之下，家鄉戴伏德的路多半都已老舊，路面也沒有鋪石板。在冥境這裡的馬能跑多快？

我周遭的色彩極為亮麗：一下子是刺目的遍地白雪，一下子又是瀑布般懸垂的芳香野花，熱力撲面而來。相較之下，戴伏德的丘陵和原野既荒蕪又單調。在冥境這裡，黑夜在幾秒鐘之內轉變為白晝，太陽高懸在空中。我想像自己可以花上幾小時、幾天、甚至幾年的時間驚異於冥境這裡的一切。儘管氣溫變化迅速，我卻沒有感到任何不適。更讓人驚訝的是，我的肺部從未感到異樣。要是在家鄉，任何一丁點的天氣變化都會讓我呼吸困難。

我穿過一道石拱門的時候猛地撞痛了頭。我悶哼著後退一步，伸手撫著前額。我自己的身子要穿過拱門毫無問題，亞隆的身軀卻是高闊壯偉，讓我覺得自己是個偷穿大人衣服的小孩。我推開擋路的樹枝，卻不小心把樹連根拔起。樹根處竄出一隻憤怒的小型生物，有著蝙蝠般的藍色翅膀。牠看見我便在空中停住，發出聽起來像是道歉的一聲啁啾。

「沒事，」這轟雷般的低沉嗓音不是我的。「是我該說對不——」

一隻獵狗喘了口大氣，打斷我的話，我這才理解牠的暗示。狗群在我周遭和雙腿之間竄來竄去，用頭亂頂，示意要我繼續前行。我只好向那小生物點頭道別。

不一會兒又是一道拱門，這次卻有各式各樣的符號裝飾，其中露出「冥境皇朝」四字。我一穿過門，四周的景觀就不再改變了。眼前似乎是秋季，和家鄉的時令相同，風卻沒有那麼淒厲。路邊有大堆顏色各異的落葉，有時候甚至堆得比樹還高。放眼望去，到處都有動物和看似小矮人的生物在戲耍。牠們在我走過時跳起來表示歡迎，然後又開始互相丟擲各種落葉、橡實和松果。一群刺蝟像人類那樣把大片的落葉舉在頭上，等秋風吹來便往上跳，得以懸浮在半空中。

如果我的職責是要統治這片土地，至少我不會感到無聊吧。接下來的幾個星期，我可以在假裝掌權的同時努力磨鍊戰技，把那個哈夫根打敗。這並非不可能的事。

眼前出現一座宏偉的皇城，壯闊的城池讓我驚嘆出聲。我一直以為辛布蘭的皇宮頗為壯觀，和這相比卻是小巫見大巫。這座皇城必定是用魔法建成的。要不然，那些城牆怎麼能構築得那樣精準，又打磨得那樣光滑？外牆是精心琢磨的花崗岩，嚴絲合縫，似乎是天然生成，任何人都難以攻下。皇城的多座藍色碉塔高聳入雲，秋天的陽光照在彩繪玻璃窗上，反映出多重炫麗色彩。

皇城的大門自動打開，我持續前行，卻困惑於眼前的景象。左手邊是警衛崗哨，幾乎有家鄉的劍廳一半大。號稱「凱爾達西爾」的劍廳是戴伏德最引以為傲的建築——就一個擅長戰鬥和養馬的民族而言，這樣的建築算是很不錯了。

亞隆的狗群都去崗哨了，只留下一隻，帶著我往皇宮大門走。

大門敞開著，幾個人正走出來，看起來像是人類。其中有個人身材高瘦，熱切地朝我走來。他的束腰外衣由各種織料組成，比戴伏德流行的式樣要短得多。他的頭髮也短，頭的兩側剃得精光，頭頂的髮絲則綁成細辮。在秋日的陽光下，他黝黑的皮膚似乎在閃爍，英俊的臉上則是真誠的笑容。我舉手招呼，準備好自己面對第一場測試。

我還不知道發生了什麼事，他就把我抱住，在我唇上吻了一下。我嚇了一跳，卻控制住自己的驚訝。這裡的人都是這樣招呼彼此的嗎？

「陛下，你打獵的成果不錯吧？」那人問。

我拼命想找話說。他會看穿我的偽裝嗎？「還好。只不過，沒什麼值得帶回來的獵物。」反正我原本就想把那頭白鹿帶回戴伏德。

那人聳聳肩。「那些獵狗的晚餐解決啦。」他捏捏我手臂。「我們今晚見，或是你馬上又要離開？」

「今晚？」我聽起來蠢極了。這人到底是誰？亞隆為什麼不多告訴我一點關於皇朝的事？這可不像我先前看見的眾多生物那樣容易應對。

「晚宴啊，」那黑皮膚的人說。「你也錯過思亞娜的通知啦。」

我牢牢記住這個名字，希望能在自己出更多紕漏之前發現她是誰。晚宴聽起來是好事。特別是今天發生了這麼多事，能吃一頓總是好的。

「當然啦，今晚。到時候見。」我友善地拍拍他的肩膀。他被我拍得齜牙咧嘴，隨即祝我午安，就此離開了。我困惑地看著他的背影，不知道自己的舉止是否恰當。

要是沒有那隻獵狗，我一定會徹底迷失在皇宮的眾多廳堂之中。在一個巨型大廳裡，幾個綠髮尖牙的山怪正忙著完成一幅栩栩如生的動物寫生，大廳角落則有一群嬌豔至極的美女正圍著桌子下棋。她們的頭髮有一部份散落，另一部份則編成各種複雜的髮辮。她們的束腰外衣和長袍都由許多層閃閃發光的織料組成，在突顯她們的身材之餘，更有珠寶和皮毛裝飾。

我努力不讓自己像個白痴那樣呆站著。和這一切美輪美奐比起來，戴伏德看起來實在貧困。

所有的廳堂和屋室都有巨大的窗子，並有飄浮的光球照明。獵狗吠了一聲，示意我們已經到了我的寢居。然後牠就轉身離開了。

我走進房間，欣慰地發現周遭空無一人。這裡比皇宮的其他部份要好待多了。感覺起來很溫馨，裝飾也有品味。牆上掛著弓和鹿角。幾個籃子裡裝著鐵矛和成綑的長箭，讓我頗有熟悉感，覺得自己像是回到了家。巨型壁爐裡的火堆發出輕微的劈啪聲。隔壁的房間有一張寬敞的四柱床，我卻回到壁爐前的柔軟沙發上坐著，用手捧著頭。

我究竟是來到了什麼樣的一個地方？僅僅在幾小時之前，我還在像往常那樣打獵，而此刻的我卻陷在古老的冥境之王的身軀裡。在隆冬之前，他擁有的一切都是我的。如果換作是伊凡，或是安迪潤（若是他還活著），他們又會怎麼做呢。不管是誰都沒辦法幫我，因為我們存在於不同的世界。眼前還有兩個月的時間。我應該能順利熬過吧？

我在屋裡走來走去，發現了另外兩間房，其中一間似乎是某種工作室，另一間則有個大浴缸，盛滿了芳香的熱水。我在浴缸旁邊的幾個架子上找到了肥皂、精油、髮梳和其他帶香氣的東西，便開始脫衣服。與其四處找地方站著，不如讓這身軀派上用場。

*

後方突然有兩隻手臂如水蛇般繞住我。我嚇了一大跳，立刻把它們拉開，猛轉過身，準備出擊。熱水從浴缸邊緣濺出來，灑得滿地都是。

「等等！是我，思亞娜啊！」一個有著暗棕色捲髮的女人害怕地抬頭看我。我放開她，卻發現自己的猛力在她腕部留下了鮮紅的手印。

「對不起，」我說。

「不，是我要道歉，不應該這樣嚇你。我聽說你回來了，實在等不及要見你嘛。」

她揉著手腕，紅色手印立刻消失了。她的捲髮在臉側躍動，緊身的藍色長袍裸露肩部。她全身上下都是誘人的渾圓，從她的乳房到嘴唇，再到臀部。她露出頑皮的笑容。

「要我和你一起洗嗎？」

熱水再度濺出浴缸邊緣。搞什麼鬼？她開始解長袍的扣子，我的呼吸不禁加快了，我看見亞隆的身軀也有了反應。我感到腦中一陣昏亂，立刻踏出浴缸，從架上抓了一條毛巾包住自己。這思亞娜是亞隆的妻子嗎？是他的貼身奴婢，還是情婦？那個皮膚黝黑的人提過她，這卻是亞隆慣常做的事嗎？可以做嗎？

「該準備動身去晚宴了。我已經餓到能吃一整匹馬的地步，」我抱歉地說。那女人失望地看我一眼，卻沒有爭辯。我離開浴室的時候盡可能讓自己冷靜，就這樣回到臥室。

幸好她沒有跟來。我打開亞隆的巨型衣櫥，安慰地嘆了口氣。整個櫥子裡掛的衣服都和我先前穿的一模一樣：灰色的束腰外衣、襯衫、長褲和襪子。要擔心的事又少了一件。我穿好衣服之後便靠牆站著，卻恨不得給自己一巴掌。我答應了要出席晚宴，現在可不能臨陣脫逃。整個晚上都得和自己毫無概念的各種魔法生物相處，可能犯錯而搞砸一切的狀況實在是太多了。我根本不知道他們有什麼習俗，彼此之間又有什麼關係。我是個獵人，是戰士，不是公開演說家，更絕對不是什麼偉大的思想家。我覺得自己只是被逼到牆角的老鼠。

亞隆的肚子在轟隆作響了。我決定動身去晚宴，卻不知道它在哪裡舉辦。門外沒有獵狗等著，這表示我得自求多福。或許我可以把自己鎖在房間裡，直到隆冬。

「皮威爾，你振作點吧，」我告訴自己。「亞隆的信任和你一家人的命運都危在旦夕啦。」

我在緊要關頭找到宴會廳，才剛進門，大廳裡就開始擠滿各種人。他們是都在等我嗎？我試著不去瞪視天花板上的奇特圖畫，或是各個朝臣的古怪臉孔和異常服飾。他們都有無懈可擊的年輕臉蛋和恰到好處的身材，簡直是完美的渾圓、細緻、結實有力，且是不屬於人世的俊美。有的肌膚蒼白，有的皮膚則像我見過的那種層次不同的黝暗。這裡似乎沒有任何衰老、病痛或傷痕。大家在排成馬蹄形的三張長桌旁邊坐下。我猜想，口間的那張大椅子應該就是我的了。一個洗手盆憑空出現在眼前，讓我小吃一驚，隨即透過眼角偷窺，不知道是否有人注意到我的反應，然後才匆忙洗了手。緊接著，各式各樣香噴噴的菜餚也現身了。我的杯子自動裝滿了啤酒——正是我想要的。我身邊的那張精緻的椅子上坐著思亞娜，另一邊則是那個皮膚黝黑的男人。看起來，麻煩還沒有找上我。至少我是這樣希望的。

思亞娜舉起杯子，叮地一聲碰了我的酒杯。整個宴會廳立刻安靜下來，大家都瞪著我看。他們要我說話嗎？我嚥下喉頭的什麼哽塊，在接下來的幾秒鐘之內拼命想找合適的話語。

「大家晚安，好好享受這頓飯吧。」

很快地，大廳裡再度滿是躁聲，大家都開始吃自己盤裡的菜了。我安慰地鬆了一口大氣，這簡單的一句顯然是夠了。我喝了幾口啤酒，舉刀切下一塊還在滴油的烤豬肉，儘管飢腸轆轆，卻試著細嚼慢嚥。我若是持續吃東西，就不必和任何人說話，只要聽四周的其他人交談即可。

烤肉入口即化，外皮香脆可口，各種滋味完美協調，我會很樂意習慣這一切的。大家對話時提到幾個名字，我卻不知道他們說的都是誰。我右手邊的那個皮膚黝黑的男人名叫烏萊恩，但不知他在皇朝的地位。是顧問？還是知交？我為幾句諧語而發笑，又讓烏萊恩和思亞娜用我的杯子喝酒，就像我父親為表示親暱而做過的那樣。至少這在戴伏德是滿正常的行為。

等大部份的菜餚都被收走，幾盤蛋糕、甜派和滿是鮮奶油的甜點便出現了。有些朝臣已然離座，憑空變出各種樂器，其他人便開始在三張長桌之間的空敞處翩翩起舞。這歡愉的氣氛頗有感染力，我的酒杯也一直是滿的。暈陶陶的愉悅感受襲上心頭，這是我今天第一次感到真正的放鬆。我看著旋舞過桌邊的那些快樂的面容，配合著音樂韻律擊掌，卻突然注意到一個跳舞的女子在皺眉頭。她很年輕，頭髮是銀色帶金，在頭頂綁成了辮子。她身材纖瘦，幾乎沒有什麼線條，更有著孩子般的圓臉和棕色的大眼睛。如果我在自己的世界裡遇到她，應該會認為她的年齡比我還小一點。她穿著一件紫色短袍和長絲襪。我們的眼光對上，她便跳錯了一步。另一個跳舞的人撞上她，她卻沒有反應，只是圓睜著眼睛瞪著我，就好像她能看穿我的偽裝似的。她能嗎？不會吧，亞隆說過，冥境的所有人都會以為我就是他。我又喝了一口啤酒，站起身來。不能再吃喝了。我得保持神智清醒才行。

烏萊恩抓住我的手臂。「你要跳舞嗎？」他問。

「我得離開了。要做的事太多，喝得也太多了，」我咕噥一句。烏萊恩露出理解的笑容，拍拍我的肩膀，然後也去跳舞了。我勉力保持自己的腳步合理地優雅，離開宴會廳，卻可說是舉步維艱，畢竟這個身軀因為酒精的影響而感覺更為笨重了。要回去居室，最快的是哪一條路？那些照明的光球已然自動轉暗，讓我能看清楚陰影處的走廊，卻不被光亮刺痛眼睛。

我聽見衣料的簌簌聲，那個銀色頭髮的女子隨即憑空出現在眼前。

「我不知道你是誰，但你不是亞隆，」她提出控訴。我立刻百分之百地清醒過來。她確實看穿了我的偽裝。我該怎麼辦？此時周遭沒有旁人，我本能地抓住她，一手掩住她的嘴，把她拖進距離最近的房間裡。

第四章：協定

莉安儂

我拼命掙扎，在這假扮亞隆之人的掌握之下卻無濟於事。他的巨掌幾乎掩住我整個臉。我這樣面對面質疑他顯然很不明智，但我還能怎麼辦？就算我公開指控他，也沒有人會相信我。他把我拖進一間棄置的軍備室，我出腳亂踢，卻毫無助益。這偽裝亞隆的人隨即關上門。

「如果妳答應不踢腳，不尖叫，我就放開妳，」他說。

我吞了一口唾沫，靜止不動。沒必要做歇斯底里的反應。倒不是會有誰來救我逃出冥境之王的手掌心，特別是他有始以來一直在照顧我們所有人，且和衰納達一起掌握著冥境至高無上的權力。我感到一陣頭暈目眩。先是傑若特，現在又碰上這件事。假亞隆慢慢把巨靈之掌移開我的臉，然後把我放在地上。我立刻逃開，他便擋在我和門之間。

「請聽我說。妳看穿了我的偽裝，」假扮者開了口。

「我幹嘛要聽？你已經承認自己不是亞隆了。我先前應該在大家面前揭穿你才是。」我虛張聲勢，儘可能聽起來勇氣百倍。他若是新到冥境，就不可能知道我在皇朝有什麼地位。只見他臉色變暗了，卻依然保持冷靜。

「妳要聽，因為妳顯然對真正的冥境之王亞隆保持忠誠，而這件事正是他的意旨。」

我揚起眉毛。這是真話嗎？他以為我會聽信這一切？「那你到底是誰？」我問。能多質詢他一點總是好的。

「我是皮威爾，班達仁和克萊拉的兒子，戴伏德的三子。」

我眨著眼睛，思索著這句話。戴伏德不在我們的世界之中，這名字聽起來卻有些熟悉。我腦海中浮現那些關於人類皇室族系的書，其中一頁的記載似乎突然產生了意義。

「你是人類？」這怎麼可能？人類竟然偽裝成亞隆的模樣？我滿心困惑，伸手理著頭髮。這應該是亞隆的作為，因為人類是不能這樣改變形貌的。「亞隆一定是發瘋了。他幹嘛要這樣做？」

「他要我代替他打敗哈夫根。我所知的是，任何人只能用一劍殺死那個混蛋。要是再出第二劍，他就會恢復健康，更吸收敵手的力量。」

我皺起眉頭，在軍備室裡來回踱步。這計劃聽起來瘋狂，卻確實能出奇制勝。如果亞隆讓皇朝裡的任何人代他出戰，則就算他們有能力，也會讓他盡失顏面。而哈夫根若是真能吸收敵人的力量，則相較於我對他的估量，對冥境皇朝更是極大的威脅了。非有人阻止他不可。但要靠人類的力量……

「妳怎麼知道我不是亞隆？」皮威爾問。「他說沒有人會發現這件事，妳卻一眼就看穿了我。」

我抬起頭，對他苦澀地笑笑。「我比別人看得更清楚。你單單是走起路來就不一樣。你雖然努力掩藏，看起來卻是用初來乍到的眼光觀察這裡的一切。我從你的眼神就看得出來，你的眼珠也是灰色而非金色。或許這是你眼睛原本的顏色？還有，你的影子也保持了自己的形態。你看看就知道了。」

我這一說，皮威爾便移步站到牆邊。我讓一個飄浮的照明光球調整好角度，他身前的地上便顯現出一個身材細瘦但結實的少年身影，亂糟糟的頭髮直垂到肩膀上——迴異於亞隆的獅鬃。擁有那影子的人尚未成年，卻終究會是個男人。我的心跳加速了。

「你多大了？」我問。

「十七歲。」

「這麼年輕？亞隆竟然讓一個孩子代他出戰？」

皮威爾雙手抱胸，似乎是受辱了。「在戴伏德，我們十七歲就算是成年了。我從六歲開始就受過各種武器的訓練。如果是公平的決鬥，我可以打敗那個哈夫根的。」那灰色眼珠在光照下閃爍，讓我只能呆呆地望著他。「妳看起來比我還小呢。」

「別搞錯，我已經活過了人類的好幾個世代，」我說。「不過，我確實是這裡最年輕的。」

就這樣過了幾秒鐘，他毫無顧忌地打量著我，我也看著他。我認識亞隆太久。眼前這人在外貌的各方各面都確實是他。然而這卻是風馬牛不相及的另一個人。我們之間顯得有些緊張。

「現在妳知道了這一切，還想揭穿我嗎？」

我搖搖頭。「不想了。如果這是亞隆的計劃，那我可不會擋路。我只是不明白，他為什麼選上你。」

皮威爾從門邊站開，緊張的情勢便解除了。

「選上我？這話是什麼意思？我拿了亞隆的獵狗捕到的獵物，因而冒犯到他。我做這件事，是為了保全自己的名譽，證明自己。」

我揚起眉毛，嘲弄地笑笑。「你真相信自己的話？亞隆可不是那種人，會為了獵物這種單純的小事而受到冒犯。就我看來，他是故意引誘你上鉤的。」

皮威爾臉上的表情顯示，他沒有考慮到這一點。

「你對冥境的一切完全沒有概念，對吧？」

這少年觀望著軍備室裡的各種武器，隨即倚在桌邊。「對啊，這裡和戴伏德完全不一樣。就算沒有那些魔法，各種東西也更好、更美。」他直直凝望著我。「妳如果不揭穿我，那就助我一臂之力。」

我避開他的眼光。幫助這個假扮者？而且是在他那樣動粗之後？我抿抿乾燥的嘴唇。這是亞隆的計劃，所以眼前這人必須確保自己能順利行事。而我已經有足夠的麻煩要處理了，比方說，我得想方設法避免和傑若特的婚禮。

等等。我想到主意了。

「有個名叫傑若特的混蛋要強迫我嫁給他。」這句話衝口而出，毫不費力，我隨即慰藉地嘆了口氣。過去幾天以來，我一直想找人說這件事，卻是徒勞無功。那個該死的承諾讓我無法對皇朝的任何人開口，任誰都不行。但皮威爾不算在內。

這對話的轉向似乎讓他吃了一驚。

「這事能避免嗎？妳能拒絕他嗎？」

「不能。他用魔法強迫我發誓。在冥境這裡，我無處可逃。」

在我心中，一個計劃逐漸成形。這可能是我的救贖。不，更理想的狀況是，這可能是我夢想成真的機會。如果亞隆能違反自己的規定，那我要犯規也不是問題。「我想到一個好主意：我幫你繼續偽裝，直到隆冬為止。」我略微提高了聲音。

「妳的交換條件是什麼？」

「你打敗哈夫根之後，要帶我一起去人類的世界。」

等亞隆回來，應該就能和傑若特一決勝負。我感到一陣興奮，畢竟我從來沒有刻意犯規，也沒有這樣衝動或本能地行事過。而現在我竟然有了這個計劃。

某種容器落地的聲音把我喚回現實。皮威爾露出頑皮的笑容，撿著散落在地上各處的箭枝。

「在同意之前，我還有一個問題。」

「什麼呀？」

「我還不知道妳叫什麼名字。」

我也笑了。「我是莉安儂。」

他伸手一把握住我的。「親愛的莉安儂，我們就這樣說定啦。」

*

在這種夜半時分，大家都在床上睡著，消化著晚餐的暴飲暴食。這通常是我安安靜靜坐在床上喝茶看書的時刻，我卻已經把圖書館偷借來的書都看完了。我穿著拖鞋，躡手躡腳地經過各個房間。還沒抵達通往圖書館的走廊，就聽見敲擊木頭的聲音。我縮到一根柱子後面，發現有人在眼前的院落裡。亞隆，不，皮威爾站在那裡，穿著單薄的上衣和長褲，袖子高高捲起，手裡握著一把木劍，劍尖卻已折損。他的表情專注凝重，仗劍接二連三地砍劈刺戳，身子迅速地改換重心，動作優雅，就好像在跳舞似的。他汗濕的上衣貼著身子，突顯了肌肉的結實。他再次踏出幾步，迅捷一擊，木頭的碎裂聲傳來，那劍已刺中院落周邊的一根大理石柱。

「呃。」他悶哼一聲，擲下手裡的破劍。我從藏身處出來。

「我還以為棍棒或釘鎚會比較對你的胃口。」我說話時微微一笑。皮威爾猛轉過身，本能地後退一步，目光迅速打量周遭，忖度這裡是否只有他和我兩人。他隨即輕鬆起來，摸摸左肩。

「長劍和盾牌比較適合我。我只是得習慣他的力氣和高度。」他壓低聲音。「而且，我需要妳的協助。」

「別擔心，大家都還在睡。不過，為防萬一：圖書館在那邊，」我指給他看。「待會見。」

我剛把書放在閱讀小桌上，他就進來了。這些書只能自己回到各自的櫃架去了。圖書館如何能整理這無數的書籍，實在讓人費解。要是館藏能隨著所有知識的演變和世界更替而自動自發地進行改變，我也不會感到意外。

「我從來沒有看過這麼多的書本和紙卷。」皮威爾仰起頭，轉著身子瞻仰這寬廣的閱讀室。

「我就知道你沒看過。這是皇朝的圖書館，在整個冥境和你的世界都是無與倫比的。」

皮威爾走過來，一面大聲打呵欠。

「你沒睡好嗎？」

「只是沒睡夠而已。如果我要打敗這個哈夫根，就得確保自己做好準備，能夠全盤控制狀況。」

「你還有時間嘛，」我說。

「無論如何都不夠啊。」他撫著亂糟糟的黑髮。「亞隆應該不會介意我剪短頭髮吧？」

「不會啦。只不過，它們會長回來。」我把雙臂交抱在胸前。「你要我幫什麼忙？我可沒有多少空閒時間。」

「我在這裡總是迷路，還得知道所有重要人士的名字，還有……」

他話聲未落，一個羊皮紙卷就飛了過來，自動在他面前打開。紙卷上的線條畫得清清楚楚：那是整個皇城的地圖。

「看起來，我們的圖書館已經幫你解決了第一個問題。」

「這裡鬧鬼嗎？」皮威爾問。

我看著天花板。「這裡沒有鬼啦。死去人類的魂靈都由袞納達負責帶進恆光。只不過，這圖書館有某種自主的意識。」

皮威爾抓過紙卷，喃喃道了謝。他隨即走到一張桌子前面，鋪開地圖，開始研究。他用食指點著各處地名，讀著相關說明，無聲地唸著。

「把你的髒手拿開！」我憤怒地說。他立刻後退一步。我在一個櫃子裡找到一根鵝毛筆尺寸的細木棍，一端是鈍的。「如果你需要這一類的東西，只要開口就好。還有，你看書的時候別想給書頁折角！」

亞隆——不，皮威爾的眼睛閃了一下。我莫名其妙地困惑起來。

「要是我真的折角又如何？」他問。

「我……臭小子，我會知道去哪裡找你算帳！」

「很嚴重的威脅啊，」他乾巴巴地說。我瞪他一眼，轉頭鑽研附近幾本書的封面。透過眼角窺望，我看見他又開始讀那張地圖，只是速度實在太慢。閱讀顯然不是他的強項。

「我應該可以記住大部份的地名和路線，」他到最後才說。那地圖自動捲好，就這樣慢慢飄走了。皮威爾打量著整個閱讀室。「多謝啦，圖書館的鬼魂！」

我揉著太陽穴，坐在旁邊的一張長椅上。

「你還想知道什麼事？」

「亞隆這個冥境之王到底有什麼職責？我該怎麼做才能更像他？」他走過來，漫不經意地倚著長椅邊緣。我突然意識到他靠得好近。

「首先，你走路的時候要冷靜一點，不要像現在這樣到處亂跑。亞隆說話的樣子比你正式，也從來不會簡單扼要，但他有時候會強調性地住口不言。如果你實在不知道該說什麼才好，就不要開口嘛。」

在此同時，我思索著他的第一個問題。亞隆的職責是什麼？我一時之間無法回答，因為我們這個冥境之王經常會避開大家。亞隆會召開各種宴會，他會去找袞納達，也會花時間在軍備室或自己的書房裡。他會監督比較低等的永生族類和魂靈，不讓他們擾亂不同世界之間的平衡。他創建了這個皇朝，賦予它魔力。這樣做的好處是，正因為有這魔力，就算皮威爾做不了什麼事，也不會太引人注意。噢，我差點忘了提：亞隆最重要的一項任務就是排解各種愚蠢的紛爭，維繫冥境皇朝的團結。畢竟我們之中的有些人就喜歡大驚小怪。

皮威爾點著頭，似乎在專注地聽著。至少我希望他在聽。亞隆和我自己的命運都得依賴這個少年。這可不是什麼讓人心安的思緒。

「那個哈夫根也像妳一樣是永生族嗎？」皮威爾問。

我透過裝飾華麗的窗子望向外面。「他確實是永生族的一份子。我們不是生出來的，只是自然存在於冥境某處而已。亞隆引領我們來到皇朝，發掘了我們的天賦。我們向他宣誓，永遠不會用自己的天賦對抗他或皇朝。早在我來之前，哈夫根就已經在皇朝了。他不肯向皇朝效忠，後來就離開了。這許多年來，他顯然一直躲著，吸收各種力量，直到他自認強大到足以向亞隆提出挑戰。」我現在能理解哈夫根為什麼想打開袞納達監守的那扇門了。門後那一大群陰鬱惡鬼擁有的力量，他一定會妄想得到的。

「既然他永生不死，我怎麼可能擊敗他？」

　　皮威爾這樣直接了當的問題，讓我想到一些難以開口的資訊。他現在知道了這麼多，對冥境已經造成威脅了。儘管如此，我心中某處有個聲音在說，如果他想成功，就得掌握自己能獲得的所有資訊才行。

　　「我們所謂的永生不死，主要是不會像人類那樣受到衰老和病痛的主宰。在你的世界裡，單純的鋼鐵就能殺死我們。而在我們這裡，要殺死我們很難，卻並非不可能。」我抿緊嘴唇。我們永生族沒有人喜歡想到死，特別是因為我們死後要面對的不是恆光，而是虛無。

　　皮威爾湊過來，友善地拍拍我的肩膀。

　　「謝謝妳告訴我這一切。先說到這裡就夠了。」

　　他的輕觸讓我有電擊般的麻癢感受。他直起身子，就這樣離開了圖書館。我看著他的背影，不禁猜想自己是否做對了這件事。

*

　　接下來的幾天似乎轉瞬即逝。我們每天早上在圖書館碰面，讓我用各種資訊對他做疲勞轟炸。他像一塊海綿，吸收了一切。我不是什麼有耐性的老師，卻是外強中乾，什麼威脅恐嚇都嚇不到他。

　　「我真不知道亞隆為什麼會選上你。」我不知道發了幾百遍牢騷，又得對他解釋此地餐桌禮儀的那些微妙細節。在我看來，這些東西就像呼吸一樣自然嘛。

　　他聳聳肩。「我也不知道，但這種猜疑不能解決任何問題。妳再解釋一次吧。」

　　皮威爾適應周遭環境的速度快得讓我驚訝。我知道有許多朝臣，單單是換個房間，或是沒有在幾個月之前通知而臨時要他們做點小事，就足以讓他們生上幾年的悶氣。皮威爾現在像是有生以來就一直住在皇城裡，隨口就能叫出各個朝臣的名字，甚至還解決了一場小糾紛。他當然還是會犯錯，造成的損害卻極有限。

37

　　皇城裡依然有閒話散佈，卻總是繞著我即將到來的婚禮和塔弗林遭遇地精的細節打轉。皮威爾唯一和亞隆明顯不同之處就是持續的鍛煉。我每天早上都看他去操練場，或是跑步，或是用各種不同的武器練習攻擊人偶。如果真有任何人注意到事情有異，顯然也選擇保持沉默。

　　我依然認為皮威爾是個楞小子，他的付出和自律卻讓人激賞。若要說真心話，我確實很享受有人終於願意聽我的忠告，也真的注意著我。

　　我們決定合作之後的第四天，我在圖書館找到他，見他交纏著雙手在閱讀室裡來回踱步。他在我進門的時候抬起頭，顯然鬆了一口氣。

　　「我有大麻煩啦，」他不安地說。

　　我的心跳得厲害。「你被人揭穿啦？」

　　「沒有。」

　　聽見這個回答，我驚訝於自己有多安心。「發生了什麼事？」

　　他咬著下唇，難堪地做個苦臉。

　　「是思亞娜啦。」

　　「思亞娜？」

　　「是啊。她……她老是對我動手動腳，每天早晚都是這樣，我真不知道……」皮威爾的臉脹紅了。

　　我不經意地聳聳肩。「這很合理嘛。每次要到七年之期的時候，她都會這樣，」我解釋著。不知道為什麼，我只想避免談這個話題。我實在不想知道他和她在一起的時候做了什麼事。

　　「七年之期？」

　　「亞隆和她還有烏萊恩結婚了嘛，所以……」

　　「和她還有烏萊恩？我以為……原來如此啊。」

　　我作勢要他閉嘴。要是我們一直這樣打斷對方，只怕什麼話也說不成。「他確實和她還有烏萊恩結了婚，但他們如果同時有伴侶的頭銜，就總得有個先來後到吧。兩人之中只有一個能坐在他右手邊。因為亞隆對他們的愛意和尊敬是同等的，所以每過七年，冥境之王的配偶頭銜就會從一個人換到另外一個。現在，再過六個月就要換人了，所以思亞娜才會像黏人的小貓一樣繞著亞隆打轉。就好像七年之期真的有那麼久似的。」我翻翻白眼。「我可不想知道你和思亞娜在床單之下幹的那些好事細節。」

他才踏兩步就到了我的面前。

「我和她什麼事也沒有幹。這就是問題所在，」他簡短地說。

我後退一步。他到底要我怎麼樣啊？在這種事上，難道我能給他任何意見嗎。我不是男人，對改換形貌這種事更是毫無概念。

皮威爾皺著臉，撫著鬍鬚。「亞隆說，我可以動用他擁有的一切，但是……」

他不說話了，就好像他等著我填補空白似的。我開了口。

「如果亞隆這樣說，那你想滿足思亞娜，就不必擔心他會生氣。」

「我擔心的不是亞隆，」皮威爾說。他又開始來回踱步了。「如果我還是我自己，」他比劃著自己的身軀以為強調。「要是伊凡和我的朋友在這裡……我們會叫彼此儘管放馬過去。她很漂亮，就像這裡的所有人那樣。我們會互相打賭，看看誰能偷到她的一個吻。這一切都不會是什麼問題，因為我們再怎麼樣都不可能得逞。」

我抿起嘴唇，開始煩躁了。「那你為什麼不放馬過去？」

他轉過身，走到一個書櫃前面。

「我不知道。我想過，要是我結了婚，有人在我不知情的狀況下替代了我妻子的位置，那我一定會覺得自己被騙。我實在不想對思亞娜做這種事，但她不肯善罷甘休。我昨晚又拒絕了她，結果她像是受到了天大的侮辱。」

他停住腳步，靠在櫃子上，把它壓得呻吟不已。

「要是我現在滿足她的需要，而她在隆冬之後發現我其實不是她的丈夫，那我就會是天大的混蛋。而她也說得很明白，要是我一直拒絕，那她就會認為我是天大的混蛋。這次我藉口自己喝了太多酒而勉強得以脫身，卻不能繼續這樣下去。我來這裡是為了打敗哈夫根，不是要破壞亞隆的婚姻。所以……妳說吧，我該怎麼解決這一切，才不會是個天大的混蛋。」

他說完這句話便走過來，算是在求我了。

我抬頭看他。這是我第一次見到他真正地驚惶失措。我心中湧生一股莫名的渴望，讓我不經思索便伸手握住他的。圖書室的光照似乎在那一刻起了變化，我心靈的眼睛看見亞隆的形貌有如面紗般消褪。我看見皮威爾的真實模樣，他的個子比亞隆小，因為多年的鍛鍊而精瘦結實，暗金色的頭髮橫七豎八地長著。

他真誠的臉龐和挺直的身軀展現出貴族的氣息，這不是什麼玩笑。眼前這個少年確實出身於皇族，也想盡力做好自己認為是正確的事。

我潤潤嘴唇。我所知道的任何人都會善用這個機會和思亞娜或烏萊恩親近，而他們也確實是人見人愛。然而我面前的這個人類卻拒絕了誘惑，更放下了自尊，以維持自己的名譽。亞隆的選擇突然顯得合乎邏輯了。我放開皮威爾的手，迅速後退一步。

「我有辦法了，」我輕聲開口，努力讓自己不去看他，更試著不去理睬胃部那種無以名狀的感受。「這樣做，足以保全所有人的名聲。」

第五章：盟友

皮威爾

我把衣袖扯挺，敲了思亞娜的門。我可以聽見房裡傳來的話語聲，門隨即開了。她看見是我便眼睛一亮，嘴唇卻緊抿著。

「我不是故意要拒絕妳。現在我有事，想和妳單獨商量。」碰到這種事，最好的防禦便是主動出擊。她身後的門邊出現兩個女人，其中一個是艾妮德，另一個——如果我記得沒錯，應該是葛蒂絲。莉安儂提供的資訊很詳細，有時候卻未免也太詳盡了。我想到這裡便膽怯地笑笑，這似乎就足夠打動亞隆的妻子了——特別是她已經注意到我手裡那個用絲綢包裹的盒子。

「妳們先去湖邊吧。我隨後就來。」

現在只剩下我們兩人，她便接過我帶來的禮物，將之打開。我瞄一眼她居處的牆壁，瞥見其上的多種花草枝葉裝飾。桌椅都是形狀各異的粗短樹樁，旁邊還有花蔓編織成的吊床。

思亞娜的天賦是她的綠拇指，也就是園藝，所以你絕對不能送花。她最喜歡的一件事就是收集秘密，然後存放在這種小盒子裡。

莉安儂的指示非常清楚。

「噢，亞隆，這真是太漂亮了。」思亞娜驚嘆著，輕撫著盒蓋鑲嵌的珍珠和側邊裝飾的金線。她打開蓋子，看見盒裡裝滿了水晶，不禁把這禮物緊擁在胸前，然後開始熱烈地親吻我。我盡可能溫柔小心地握住她的手，讓她後退幾步，她的臉色立刻陰沉起來。

「這盒子需要一個秘密。我的秘密。」

她眼神中露出一絲好奇。

不要把全部的事實告訴她。就算她喜歡收藏秘密，一旦發現你不是

亞隆，就絕對不能也不會想保密的。只要一個小秘密，加上一丁點的事實，就足以讓她長久珍藏了。

「等隆冬到來，我就會和哈夫根決戰。大家都知道我擊敗了他，也慈悲地饒了他的性命。」我伸手握住她的，這似乎滿有效用，讓她全神貫注在我的話上。

「但是？」她的聲音充滿期待。

「但是他又提出了挑戰。這次我要想擊敗他，就得用上所有的力氣和能量。」我暫時住口，強調氣氛。「所以我近來才拒絕妳，寧可自己獨睡。當然，妳是我妻子，我不能沒有妳，但我們現在都得有所犧牲。我向妳保證，等到隆冬之後，我一定會好好補償妳的。」

為了加強這話的戲劇性，我將思亞娜擁入懷中。這應該夠了吧？

「我真抱歉自己這麼沒有耐性。我一定會支持你的。」

我撫著她的暗棕色捲髮，因為說謊而感到歉疚，這樣做卻對她比較好，也是必要的。她脫出我的擁抱，蓋好手裡的盒子。在那一瞬間，我注意到盒裡的水晶已經變成紫色。牆上的一根樹枝朝我們彎過來，她把盒子掛上枝頭，那樹便立刻把它安全地藏到根處的蘑菇叢裡去了。思亞娜轉身面對我。

「不過，你得教我一件事。」

「什麼事？』

「如何改變眼珠的顏色呀。金色讓你看起來英俊瀟灑，現在的灰色卻很襯你的衣服。」

「等隆冬後再說吧，」我對她擠擠眼睛。

她嘟起嘴，隨即拋了個飛吻。「就等隆冬。」

*

第一個月就這樣過去，我也慢慢習慣了亞隆的身軀。在這方面，經常的鍛鍊頗有助益。在此同時，我在冥境的生活也相當愜意。我們總是在打獵，宴會也總是鑼鼓喧天，音樂有著無比的魔力，大家盡情旋舞、歡笑、戲耍、運動，正是所謂的今朝有酒今朝醉。這裡沒有任何不適。我的呼吸相當順暢，就算我操練過度或睡覺的姿勢不對，各個器官的運作也沒有問題。甚至連秋季的氣候也是舒暢宜人，雨水清新爽冽，第一場冰雹更是讓我們歡欣鼓舞。儘管如此，我一天天為著和哈夫根的決戰而倒數計時。戴伏德怎麼樣了？弟弟伊凡以及我母親和妹妹們都健康順遂嗎？我甚至想著那匹名叫歐班的坐騎。我的家人對這一切會怎麼看？家鄉有什麼轉變，牛羊都健康嗎？馬兒們都套上防冬的披蓋了嗎？

　　大量的操練以及和莉安儂的經常會面，讓我沒有什麼機會想太多。這是我必須達成的一項任務。儘量收集資訊，專心致力讓自己更強而有力，就是我每天要做的事了。

　　有莉安儂這個盟友真好。我期待著和她的每一次會面。她既嚴格又缺乏耐性，我卻覺得她也喜歡和我見面。不管其他朝臣多麼友善示好，我就是無法和他們成為知交，因為我不但是他們的統治者，更是個陌生人。我不是眾人的一份子，就像過去一樣，而我現在也明白了，這個舊日的傷口還是會痛。

　　太陽初升的時候，我在射箭場找到莉安儂。我把箭筒放在地上，操起長弓，一端抵在靴內，然後彎過弓身，拉上弓弦並將之鎖定。我手裡檢查著弓弦鬆緊，卻偷偷瞄著莉安儂。她直直地站在射箭區，目光凝駐在前方的箭靶上。她做了幾次深呼吸，這才動作流暢地持箭拉弓，箭尾在眼前把準，隨即放手射出，在下一秒鐘垂下弓身。我不必轉頭眺望箭靶，就知道那箭已然正中靶心。像她那樣射箭，要錯過靶心也難。

　　「你在偷看我。」她轉過身來。

　　「射得好啊。」我說著便過去站在她身邊。我們前方的箭道放置了許多個距離不同的箭靶，有的是圓板，有的是幾可亂真的動物圖繪，更有高難度的小型球靶持續移動著。這和我家鄉的射箭場陳設有所不同，卻依然熟悉。

「你今天不做戰備訓練？」她說著便把另一枝長箭搭上弓弦，卻沒有拉弓。她銀色帶金的長髮綁成了細緻的辮子，在頸後盤成髻。綠色上衣有著勻貼的袖子，映襯出她的纖腰。

「妳今天不去圖書館？」

她瞪我的一眼有著典型的惱怒。「我要操心的不只是讀書和照看你而已。」

我在身前的草地上放好六枝箭，然後開始放鬆肩膀和手臂的肌肉。「烏萊恩挑戰我今天下午和他摔角。我看見妳在這裡，才發現自己最近都沒有怎麼練箭。我還想到，我們可以把平常上課的地點改到這裡。」

「這主意不錯，」她回答，順手在弓弦上又搭了一枝箭，這才舉弓拉弦。「說點人類世界的事吧。」

「妳想知道什麼？」

「你認為，人類世界和冥境之間最大的差異是什麼？」

我思索了好一會兒。「這裡的一切都是美輪美奐，精緻絕倫，舒暢宜人，就像一場夢，」我開了口。「我的世界既原始又真切。只不過，我認為兩者之間最大的不同在於時間。」

「時間？」

我撿起地上的一枝箭，本能地朝著一個箭靶射出，又迅速撿起下一枝箭。才幾秒鐘的時間，我的六枝箭已經射中六個不同的箭靶，箭尾還在微微顫動。

莉安儂嘟起嘴。「沒有都正中靶心嘛。」

我對她做個苦臉。「如果前方是六個敵人，我會已經把他們都擊倒了。像妳這樣花時間準備拉弓，敵人早就會趁機把妳打倒啦。」我好玩地用弓身打她的屁股，以為強調。「妳和冥境這裡的人做什麼事都是慢條斯理，好整以暇，所以才慢得可怕。」

我笑著轉身朝一個箭靶跑去，莉安儂驚訝地叫出聲，拔腿追來。她迅速趕上我，想出手攻擊，我卻一把摟住她的腰，把她舉到空中。她像羽毛一樣輕。

「你不公平啦！」她掙扎地叫著。

「這是關於人類世界的第二個教訓：我們從不公平。」我猛地將她放到地上，她腳步蹣跚地抓住我的手臂，才免於摔倒。我驚訝地發現自己體內竄過某種渴望。如果……不，那是不可能的。

我猛轉身面對眼前的箭靶，開始拔箭。

「我們沒有魔力來讓生活輕鬆愜意，」我繼續說。「我們也不是隨時隨地都有足夠大家吃的食物。有時候我們會生病。小孩子會出生，更多的人卻會死去。我們的生命既短暫又充滿患難，還有……」我撫著箭尖，確定其依然穩固，心思卻在其他的事上。「話雖然這樣說，我依然屬於那裡，而不是這裡。」

「我對你的世界非常好奇，」她說著，髮絲在陽光下閃爍。

「妳為什麼這麼想去那裡？我乾脆去把這個傑若特揪出來，逼著他解除婚約，不就得了？」

她悶哼一聲。「你不能用暴力解決一切，我也不知道你是否能在隆冬之前見到他。真正的亞隆會解決他的。我只是想離開皇朝而已。」

「妳不能拒絕他嗎？」我們慢慢走回射箭區。

她的表情變陰沉了。「我不能違反自己的承諾。這是現存的最強大的一種魔法。只有傑若特自己能化解，他卻根本不打算這麼做。」在那一瞬間，她卸下了自己的面具，看起來脆弱不安，鬱鬱寡歡。「我只是想自由而已。」

我不經思索，伸手將她擁入懷中，心裡什麼都不想，只希望能保護她。她的身子僵住了，隨即慢慢放鬆。我體驗著她的存在，她髮絲的芳香，她溫暖的身子。自幼以來，這是我第一次和任何人如此親近。感覺有些讓人害怕，卻很熟悉，更重要的是，莉安儂似乎也有同樣的感受。

「皮威爾……」她開了口。我永遠都不會知道她想說什麼，因為就在那一刻，一切都被某種恐怖懾人的尖叫聲打斷了。

第六章：惡鬼
莉安儂

　　我立刻從皮威爾身前退開，想找出那恐怖尖叫聲的來源。我們上方的空中飛過某種長蛇般的生物，牠長著尖爪和黑色翅膀，呼出腥臭的紫色煙霧，腐肉般的氣息讓人作嘔。眼見那怪物猛往下撲，皮威爾立刻把我推到地上，堪堪避開了牠的攻擊。冥境沒有這樣噁心的生物，也沒有哪個低等永生族類膽敢攻擊我們，只除非......我感到全身的血液似乎都要凝固了。

　　「是那群惡鬼。恆光的大門一定是被打開了。」

　　我彷彿凍結在那裡，看著皮威爾迅速抓起一枝長箭搭弓射出，把那怪物射了下來。那催魂刺耳的尖叫聲再度響起。怪物摔到地上，皮威爾過去探看，我卻還無法動彈。

　　「等等！惡鬼是殺不死的。小心點。」

　　這句話還沒說完，那怪物就開始掙扎，卻還被長箭釘在地上。幸好牠算是小隻。我抓過憑空出現的一捲繩子，遞給皮威爾，他便巧妙地把那怪物的尾巴、尖嘴和利爪綁好。然而他還是被怪物的唾液燙傷了，不免大聲咒罵。

　　「這到底是什麼鬼東西？」

　　「這是一種惡鬼。早在時間剛開始的時候，這些可怕的怪物主宰了冥境和人類的世界。牠們摧毀、污染了一切，甚至能殺死永生族，後來卻被亞隆和他弟弟袞納達打敗了。牠們不會死，所以被關在一扇大門後面。我想，哈夫根一定是想辦法開了那扇門。」

　　皮威爾的眼神中露出恐懼。

　　「我們真有大麻煩了。」他把綁住怪物的繩子又打了個結。「現在該怎麼辦？」

「先回去吧。別忘了帶著怪物一起。」

*

我儘快牽了兩匹馬，和皮威爾一起去找袞納達。我從來沒有去過他的領土，發現自己還記得那些地圖路線的時候不禁鬆了一口氣。皮威爾一路上都手不離劍，時不時便打一下怪物，讓牠不能出力掙扎，卻還是惡臭薰天。我們都不說話，只是仔細偵查著周遭環境。皮威爾先前已經讓烏萊恩叫大家待在皇城裡，確保安全。在此之前，我們從來沒有遭遇過任何大規模的入侵，眼前卻不能假設這怪物的出現只是單一事件。

我們花了許久才抵達袞納達的皇城，這卻實在不能算是城。他的居處基本上只是一個滿覆苔蘚、蘑菇和各種枯枝敗葉的山丘，前面有一扇大門。

「那就是城門了嗎？」皮威爾冒出一句，順手把掙扎不已的怪物拖下馬來。

我緊張地笑笑。「我倒希望是，但這只是袞納達的前門而已。」我抓住門環，盡可能用力敲著木門。「袞納達，快開門哪！」

我一直敲敲敲。

「別來吵我，」地面隆隆作響。

「快開門！大群惡鬼逃出來啦！」我叫著。

眼前的門猛地打開，讓我差點摔了進去。只見袞納達一臉震驚地瞪著我。「妳在說什麼鬼話？」

我指著皮威爾拖的那隻怪物。袞納達咒罵的聲音實在響亮，連地面都在震動。

我發起抖來，不知道我們來這裡是否明智。他氣的是那群惡鬼，還是我和皮威爾？

　　他抓過自己的巨型長矛。「哎，快進來啊，」他不耐煩地說。「你這人類好好抓住那隻怪物。只要被牠咬一口，你就死無葬身之地啦。」

　　皮威爾的眼睛恐懼地睜大了。「你怎麼知道？」

　　「你以為我不知道亞隆的那個鬼計劃嗎？他那個懶鬼躲在人類世界裡，我們眼前卻面臨天大的麻煩。」

　　他把身上的熊皮外袍拉扯整齊，大步走在我們前面。我們進了門，看見他的住處極大，幾棵樹支撐著屋頂。居室另一邊有幾扇黑色大理石門，門後是靈殿，也就是死去人類的魂靈在進入恆光之前棲息的地方。不過，我們要去的不是那裡。袞納達帶著我們穿過幾條走廊，逐漸往地底行去。我知道，我們距離目標已經很近了。

　　先前經過的走廊牆上覆蓋著各種枝葉根莖，地底這裡的牆面卻是空無一物。即便是用來照明的光球也只能微弱地閃爍。

　　袞納達停住腳步，轉過身來。「聽好了：你是人類，沒有魔法，我卻需要你的力氣來幫忙把門關好。」他隨即指向我：「妳得幫我唸那些咒語才行。」

　　我只覺得喉嚨發乾。「怎麼唸啊？」

　　「妳不是喜歡唸書嗎？」這巨人笑了起來，眼神中有一絲瘋狂。

*

　　眼前的門沒有我想像的那麼大，只是一塊平滑方正的石灰岩板。然而這門雖然平實無奇，卻讓我驚異不已。周遭充滿了魔力，似乎連空氣也在顫動，讓我頸後和手臂上的汗毛直豎起來。這裡的魔力和我們皇朝常見的那種無傷大雅的把戲無關，而是自然本身，整個冥境最純正也最古老的一種力量。它讓我驚嘆，幾乎無法呼吸，特別是在我感受到突然而來的動盪之際。那門震動起來，我便發現它沒有閉攏，導致黑色毒物透過門縫滲透到我們的世界。袞納達走到門前，單膝跪下。

「有一把鎖壞了，許多惡鬼逃了出來，絕大多數卻還關在門後。我們不能浪費時間。我一開門，你就把那隻怪物塞進去。然後我會徹底把門關好，讓那些惡鬼再也溜不出來。」

他沒有給我們多少換氣的時間，就把這番話付諸行動。門一開，眼前就出現一個至少有門面十倍大的黑洞，腥臭的氣息旋繞著撲面而來，我便往後摔在地上。袞納達和皮威爾勉力站直身子，兩人都因為抗衡著巨力而面目扭曲。袞納達無聲地下令：「動手！」皮威爾立刻把手裡的怪物摔進那灘滿溢髒臭的惡流裡。兩人緊接著開始用力頂門。我看得莫名其妙，卻依然心驚膽戰，就好像他們想用一根小木栓鎖住門後的颶風暴似的。儘管如此，那風暴終究開始消退了。石灰岩的門面逐漸增大，門後的黑洞隨之慢慢縮小。

「繼續頂！」袞納達大吼著。「莉安儂！唸咒！」

我困惑地四處張望，隨即看見前方的地面上出現許多金色字句。我大聲讀著，卻不知道發音是否正確。我一出口那些字句，它們就消失在我腦海裡。我的心幾乎要從喉頭跳出來，聲音在周遭的混亂之中幾乎細不可聞，這咒語卻似乎慢慢起了作用。袞納達的手中浮現一把鎖，隨著我出口的每一個字而逐漸變得堅實有形。我覺得自己唸了總有永遠那麼久的咒語，直到最後一個字句在我眼前閃出，讓人安心的鎖門聲緊跟著傳來。我們都累得癱倒在地上，大口喘著氣。這事終究是做成了。

「現在還要幹嘛？」就這樣沉默了許久，皮威爾才開口。

「現在，我要出門去把剩下的怪物都逮回來，你則要確保自己打敗那個混蛋哈夫根。」袞納達伸手指著皮威爾，又把自己的熊皮外袍拉扯整齊。「這兩件事都不好玩。」

*

隆冬之前的那些天安靜無波，我也沒有和皮威爾說過什麼話。別的不提，只要還有任何惡鬼怪物在冥境逃竄，大家基本上都得像坐牢似地關在皇城裡。儘管這裡的地方確實很大，我卻感到滯礙，難以呼吸。我更不能冒險找皮威爾說話，因為思亞娜、烏萊恩以及其他人總是和他在一起。我只能待在自己的房間裡，著手收拾自己心愛的書本、衣服、一把精骨小刀、還有其他幾樣小東西。要去人類的世界，我還能帶什麼？

「妳想我嗎？」這突如其來的聲音嚇到了我。

我轉過身，看見傑若特若無其事地走進房間。我感到一陣寒顫竄下背脊。

「你在這裡幹嘛？不是要等到隆冬之後才來嗎？」我勉力開了口。

「考慮到當前的狀況，現在來接妳似乎比較妥當。」他伸出手，讓我覺得自己胃部像是突然堵了一塊大石頭。「我們這就走吧？」

第七章：決戰

皮威爾

亞隆沒有騙我，冥境北方的邊境地帶確實是杳無人跡。黑黝黝的地面滿是深深淺淺的坑窪，間或有焦黑的棘叢點綴。亞隆和袞納達曾經在這裡對抗大群惡鬼。那場戰役造成的傷疤顯然還留在大地上。

我把長外套掛在樹叢上，走進這無人地帶。此刻的皇朝正在落雪，眼前卻看不到任何雪花。我的身子因為加了襯墊的雙層外袍而感覺不到寒涼，刺骨的冷風卻刺得臉頰生疼。有這外袍，再加上我的鎖甲，應該能保護我不受敵人傷害吧。思亞娜把我的滿頭亂髮綁成了辮子，不至於擋住臉面。我找過莉安儂，她卻不見蹤影。

我拔劍出鞘，檢視著劍鋒。這劍並非由鋼鐵鑄成，而是某種看似精鋼而具有神奇魔力的材質。我只希望它夠堅韌。

太陽還沒有昇到最高點，我持續走著，綿延起伏的山坡逐漸消逝在遠方。我爬上一座小丘，等著敵人到來。我把長劍插在地上，把皮手套拉直，開始活動肩膀。時間像厚重的糖膠那樣緩緩流去，我勉力讓自己保持警醒。

「亞隆，亞隆，亞隆！」

這嘶啞而扭曲的聲音像是來自於四面八方。我轉身想確定聲音的來源，卻是徒勞無功。遠方有一群烏鴉散飛至空中，那聲音是牠們發出來的嗎？我眼角瞥見一絲動靜，猛地再次轉身，雙手拔劍用力上揮，堪堪避過了敵人的致命一擊。我後退一步，在敵我之間讓出些許空間，眼前的那人也是如此。

「我總得試試嘛。」那人啞聲說著，顯然就是哈夫根了。

我調整身子的重心，準備好自己或出擊或退守，心裡卻暗罵一句。

他的突襲讓我此刻正對太陽，位置很不利。

陽光照在他的禿頭上，突顯出細緻的藍色刺青。他的灰色鬍鬚編織成三根細辮，護心鏡和肩甲同樣令人印象深刻。

「你如果願意向皇朝效忠，這場仗就不必打了。」我瞇眼對著刺目的陽光。

「我喜歡統治，就像我統治冥境的其他部份那樣，」哈夫根說。

我聳聳肩。「我總得試試嘛。」我借用了他的話，隨即出擊。

他用劍柄擋開我的一擊，然後立即迴劍，我要是沒能躲過，只怕已經被他砍中了下巴。我伸腿踢出，隨即迅速後退兩步。我發現，他每次揮劍都沒有使盡全力，就好像他在試探我似的。

「你的動作比以前快啊，」他喘著氣說。

我沒有回答，只是讓多年來的鍛鍊接管自己。我不再注意周遭的任何事物，全心專注在哈夫根身上。要開口只是浪費精力。我攻向他的頸子，他的肩甲擋住了我的劍，我卻能迫使他往側邊退步，自己彎腰躲過他的還擊。他的劍鋒擦過我的手臂，扯鬆了鎖甲的幾個鐵環，我便感受到金屬切過前臂肌肉的痛楚。這是我樂意付出的代價。我抓住他的劍面用力後拉，讓他武器脫手，同時後退一步。一絲猶豫突然閃過我心頭，我便把劍云還給他，看他驚訝地伸手接過。我要的是公平的對戰，不是殘殺。

我手臂抽痛不已，伸屈著手指保持靈便。我的攻擊已然逆轉情勢，現在輪到哈夫根面對著太陽。我微微揚起嘴角，那便足以挑釁他了。他直撲過來，手裡的武器在一瞬間對上我的，彼此都想把對方壓退。汗水從我臉上流落。哈夫根實在強壯，幾乎等同於我。若是我還在自己的身軀裡，只怕早就輸了這場力量拼搏。我讓他逼我後移，然後一拳砸在他臉上。他承受下來，推開我的劍，就此把我壓倒在地上。我本能地翻過身子，嘴裡滿是鐵銹般的血味，此刻卻管不了那麼多。敵人如狂風暴雨般擊打著我，我的劍也從手中滾落。我勉力起身，在他刺中我之前抵住他持劍的手，隨即用盡全身的力量扭著他的手腕，迫使他鬆開劍柄。緊接著，我伸足勾住他的膝彎，他便倒在地上。我們翻滾掙扎之際，我盡力揍著他。這不是為了討好什麼觀眾而做做樣子的對決，而是再簡單不過的殊死搏鬥。我的劍到哪裡去了？哈夫根用膝蓋猛撞我小腹，一手緊緊掐住我的喉頭。我胃裡的東西從食道直衝出來，喉嚨發出咯咯聲。我的手指摸索著腰帶上的短刀，一時之間卻找不到它。

我靈機一動，略微挺直身子，眼前因而滿是金星，我卻得以抽出哈夫根腰間的短刀，隨即用全身僅剩的力氣將之刺入他胸甲繫帶之間的縫隙。這永生巨人驚喘著想吸氣，放開了掐住我喉嚨的手。我喉頭深處咯咯作響，爬開了幾步，這才搖搖晃晃地起身。

哈夫根倒在我腳邊的地上，現在看起來可不令人印象深刻了。我後退一步，不讓他有機會偷襲。

「這怎麼可能？」他困惑地呻吟一聲。「我應該變得更強壯，而不是……」

他顫抖的手指抓著那把短刀，隨即抬起頭，露出瘋狂的笑容。

「那隻老狗……」他輕笑出聲。「你不是亞隆。」

他嘴裡的血把牙齒染紅了，鮮血隨即從嘴角流到他的鬚辮上。「你到底是誰？」

「我的名字是皮威爾。」

「皮威爾，我不知道自己怎麼冒犯了你，但你一旦開始了一件事，就應該結束它。別讓我像豬一樣躺在這裡流血等死。」

他是個英勇的戰士，像那樣的傷口更會讓他死得極慘。我潤潤自己乾燥的嘴唇。

「不行，」我喃喃出聲。「亞隆警告過我，不能這樣做。」

這永生巨人悽慘地呻吟著，失去了更多的血。「別讓我這樣受苦地死去。就算我求你吧！」

我本能地想採取行動。戰勝敵人和這樣看著他受苦可是完全不同的兩件事。

「我真抱歉，但我不能。」我沒有轉開眼睛，只是走到自己的長劍那裡，彎腰去撿。

一個熟悉的聲音突然響起，讓我整個人僵住了。我實在沒想到自己會在這裡聽見那個聲音。

「克萊拉，妳儘管抱著他吧。他太軟弱也太不中用，眼看是無法成材的底子，」我父親說。

我猛地轉身，整個世界便改變了。眼前的荒漠大地消失了，周遭的各種陰影延伸出來，交融轉變成我自幼成長的那座陰鬱城堡的形貌。我縮了縮身子，彷彿又變成那個喘不過氣來的六歲男孩。我父母親的身影比我記得的更為巨大。

我從未忘記他們的話。

「醫生說他可能會痊癒。我叔公也有同樣的毛病，他卻是個英勇的戰士，」我母親爭辯著。「你聲音不要那麼大，他會聽見的。」

「妳應該多花點時間陪伴其他的兒子和女兒。」我父親不肯改變心意。我嘶啞地喘了口氣，讓自己縮得更小一點。

「而你應該多陪陪他，畢竟他會是率領軍隊的大將。如果安迪潤真的過世，他就會是你的繼承人了。」

我父親嘲弄地笑出聲來。「皮威爾永遠也不會是皇子。」

周遭的世界再度消逝，這最後幾句話卻持續在我耳邊迴響。「永遠也不會是皇子……永遠也不會是皇子……」這句話像海潮般衝擊著我，把我撲倒在地上。這不是真的！我活了下來，他卻死了。緊接著，有人蠻橫地把我拉了起來，劍師碯溫的臉出現在眼前。

「就憑這瘦小子也配得上我教的劍法？他甚至無法自己用兩隻腳站好！」他朝地上吐了口唾沫，又猛推我一把。我還在勉力保持平衡，就有人在我手裡塞了一根樹枝。

「來呀！出手啊！」碯溫挑釁著我，其他男孩也大聲鼓譟。我四處張望，卻看不到任何支持者，圍觀的眾人之中沒有一張友善的臉。那些男孩的年齡和我相當，也和我一樣向磻溫學劍，卻和年紀更大的孩子們聯合起來。我拿著樹枝攻向磻溫，卻被他毫不費力地擋開，然後一腳把我絆倒，讓我在泥濘中摔了個狗吃屎。

四周的叫喊聲轉變為嘲弄的哄笑，我則掙扎地吐著口中的髒水，衣服也浸濕了。

「別以為你是班達仁的兒子，我就會饒過你。」

磻溫一腳踩在我背上，把我又壓回泥濘裡。我拼命掙扎，只想擺脫他的重量。這不公平！沒有人幫助我，陣陣嘲弄和哄笑聲越來越響亮。我眼中滿是淚水，幾乎無法承受這種無助的感受。

我背上的壓力還在持續，其他記憶也浮現在腦海裡。每次有人偷走我的食物，讓我孤孤單單餓肚子的那些長夜，那些欺凌我的人，那些不公不正的懲罰……這些回憶幾乎癱瘓了我。

「我已經證明自己了，」我大喊。「我比他們任何人都要用功！」

「軟骨頭！」周遭那些看不清楚臉孔的眾人罵著。

「瘦小子！」另一個聲音叫著。「你永遠也不會是皇子！你實在是丟臉……讓你自己，也讓你的家人蒙羞！軟到骨子裡啦。」

我忍受過的每一次拒絕都回到眼前。

「這不是真的。」我的聲音像我的感受一樣悽慘。我毫無希望，是個徹頭徹尾的輸家。在我做過這許多嘗試之後，一切只落得這種下場。

「走開！別來惹我！」我對那些看不清楚臉孔的人大吼著。我面前的一個人突然有了顏面：那是哈夫根，他禿頭上的藍色刺青就像烽火那樣明顯。

「你讓我不再受苦，我就讓你也免於痛苦。」他的聲音安慰著我。感覺起來，他的話語正是我一向渴求的支持。在那隨時準備著辱我、詛咒我的廣大群眾之中，那是唯一友善的臉孔。

我背上的壓力解除了，得以再度站直身子。一把劍出現在我手中，四周的一切也恢復原狀，眼前再度是杳無人跡的荒漠地帶。哈夫根抬頭看著我，哀求著要我做他渴望的事。我全身上下顫抖得厲害。

「我不能這樣做。」我嘶啞地低語，那些污辱我、攻擊我的聲音便再次響亮起來，我只能緊抓著頭。

哈夫根的表情轉變成殘忍的滿足。

「我會讓你一輩子受這種折磨，永遠都不會停歇，」他說。「永遠都不能擺脫。」

我挫敗痛苦地大喊出聲。這一切必須停止，否則我一定會發瘋的。正當我舉起手中的劍，準備全力對哈夫根做最後一擊的時候，眼角突然有動靜，讓我僵在那裡。一陣狂風吹亂了我的頭髮。

「事情都過去了，」我聽見莉安儂的聲音。「你也原諒了他們。」

其他的記憶開始浮現了。我在對戰時擊敗了磻溫，伸手扶他從地上站起來，父親臨死前詔立我為皇位的繼承人，在呼出最後一口氣的時候還捏捏我的手。

我讓手中的劍落在地上。

「哈夫根，這一切都已經結束，都是過去的事了。我們這場決鬥也是一樣。」

他的表情轉為陰鬱，逐漸失去了意識，臨終前的最後一句話卻深深印在我腦海中。「總有一天，會有人為我報仇的。如果不是向你尋仇，那就是你的子輩或孫輩。這是我的預言。」

我眨了眨眼睛，他便消失了。只有那把短刀還留在被血染成暗色的地面上，那就是這裡曾經有人決戰的唯一見證了。我打敗了哈夫根，實踐了自己對亞隆的承諾，現在卻感到疲憊萬分，只能軟倒在地上。

*

某種溫暖濕潤的東西觸著我的臉，讓我翻過身子，亞隆的獵狗便熱切地叫了起來。儘管這狗的雙眼血紅，我卻沒有像上次那樣被牠嚇到。牠找來了我的長外套，此刻正在我身邊打轉。我僵硬地站起身，披上外套，用它裹著身子。那獵狗立刻踏步上前，期待地望著我，彷彿要我跟著牠走。就這樣離開冥境，回到人類的世界，我卻不打算獨自離開。

我沒怎麼注意回程的路，不知怎的，我卻已經回到許多個星期之前捕獵白鹿的那片空地。在這裡，冬季也已經來臨。我的靴子踏在單薄的積雪上，樹梢上也掛了冰條。我看見自己坐在一個短樹樁上——或者應該說，是亞隆用我的身軀坐在那裡。他看起來莊重而威嚴，我此刻見到他，不禁深切懷疑自己的偽裝為什麼一直沒有被發現。

「我聽說了你的冒險經歷，也很高興知道你成功了，」他說著便露出笑容。「你挽救了自己的名譽，也為我和你自己的世界立下了極大的功勞。」

他大步走過來，熱切地抱住我。在那一瞬間，我的世界開始扭曲、翻轉，隨即靜止下來。亞隆放開了手，我便搖搖晃晃地努力保持平衡，只覺得周身上下變輕了，個子也沒有先前那樣高了。顯然我已經回到自己的身軀裡。我抬起頭來，慰藉地大笑出聲。這是我自己的臉，我的雙手雙腿，我的兩臂。我深吸一口冷冽的空氣，又輕輕咳出來。連這呼吸都是我想念萬分的啊。我是我自己了，而不是別人。亞隆看起來也是心滿意足。那對金色眼眸流露的是安慰之情嗎？

「等你回到自己的王國，就會發現我的所有回報。」他說著便轉身離開，顯然像我一樣等不及要回到家鄉。

「等等！我還有一個承諾要完成。」

冥境之王轉了回來。「什麼承諾？」

「莉安儂幫著我，說服了大家相信我就是你。她要的回報是和我一起回到戴伏德。」

亞隆的臉皺成一團。「她知道我已經禁止了這種事。更何況，就我所知，她已經在前往傑若特產業的路上了。」

我感到全身上下的血液都要凍結了。這怎麼可能？

我簡短地向亞隆解釋了發生在莉安儂身上的事。

「我沒有時間帶她回來。為了保障冥境和人類世界的安全，我得立刻和我弟弟去追捕那些脫逃的惡鬼。」他把原本就低沉的聲音壓得更低了，卻再也嚇不倒我。

「那就給我一個機會，讓我自己去救她。這是我欠她的，也是**你欠我的**。」

接下來只是一陣沉默，但他終究點了頭。

「我給你準備一匹馬，還有一點魔法上的協助。莉安儂會知道怎麼用的。」

我感到既安慰又感激，立刻朝著通往冥境的甬道走去。

「等等，」亞隆下著命令。「帶好你的劍，我把它放在你的馬鞍側袋裡，就在那邊的那棵樹下。我不喜歡冥境裡有鋼鐵，但你會需要武器的。你還得隨時隨地保持警醒，在皇朝之外，等著生吞活剝你的不只是那些惡鬼。你的試煉還沒有結束。」

我點點頭，就這樣再次把自己的世界留在身後。莉安儂在等著我。

第八章：乞食

莉安儂

　　傑若特對冥境造成的威脅比我想像的更嚴重。他的城堡裡爬滿了各種怪物，都是原本應該躲在地窖裡或和其他惡鬼囚禁在一起的。奇形怪狀的水怪出沒於護城河，在我策馬走過吊橋時撲抓著馬蹄，卻在傑若特出聲喝止之後發出憤怒的嚎叫，心不甘情不願地潛回水底。而在高聳的城牆上，滿身黑毛的狼人像昆蟲一樣聚集，圓睜的眼中滿是狂躁。我聽見遠方的天邊有成群結隊的邪龍怒吼，天知道還有什麼更可怕的怪物。我的馬小心翼翼地走著，像我一樣全身肌肉緊繃。

　　「別害怕。牠們都發過誓，不會傷害我和我的盟友。妳在這裡，就像在冥境一樣安全，我這裡卻很快就會比那裡要安全太多啦，」傑若特漫不在乎地說著。他安穩地坐在馬鞍上，捲髮在額前跳動。

　　「你想擾亂整個世界的平衡，我當然要害怕，」我低聲說。

　　「一切都在我控制之下，一切也都會順利成功。」

　　他輕觸我的扌　，我全身上下起著雞皮疙瘩，卻勉力忍受了。要是我露出太多的反抗跡象，他一定會強迫我做更多的宣誓和承諾。

　　身邊猛地飛過一隻精靈，我不禁縮了縮身子。這些生物都應該是自由自在，以自主獨立的意識為自己而活的。牠們無分好壞，像水一樣可以載舟或覆舟。如果牠們實在要惹麻煩，亞隆和袞納達當然會插手，但他們兄弟兩人此刻有別的問題要操心。

　　不知道現在是什麼時候了？皮威爾和哈夫根開始決戰了嗎？我滿心恐懼，幾乎喘不過氣來。皮威爾若是打輸，亞隆還能怎麼抗衡哈夫根，或是傑若特這可怕的怪物軍隊？這深切的無力感讓人難以承受，特別是我此刻已然是徹底的孤立，和人世完全隔絕了……不，我得堅決信心才行。

我得在這裡找到盟友，對抗傑若特的這套把戲。

「你說我會喜歡這裡的安詳寧靜，這裡卻太吵啦，」我說。

傑若特擺擺手。「我會叫牠們安靜的。整軍經武不是什麼安詳寧靜的差事，但妳沒有什麼好擔心的。到目前為止，我只需要妳幫忙擬定戰策，收集資訊。妳能答應我做到這兩件事嗎？」他眼中又閃出邪惡的光芒，顯然很享受自己對我的這種任意驅策。

「我答應，」我乾巴巴地回答，不流露任何情緒。我才不會讓他稱心如意。

他對我擠擠眼睛。「妳真是好學生。」

一個幽魂帶著我到了我的住處。房裡點了許多隻蠟燭，看起來卻依然黝暗滯悶。過去許多年以來，我一直夢想著離開皇朝，這卻不是我所期盼的。牆上掛了許多彩色壁毯，描繪的卻都是傑若特出獵、跳舞、或是端坐於某種王位上的模樣，只是姿勢各異……我打了個寒顫。那幽魂用枯骨般的手指為我解開髮辮，一面悲哀地嘆著氣。那聲音讓我想到深山大澤。她像大部份的幽魂一樣，看起來是個年老的女性人類，滿頭白髮，身子只是皮包骨。

「妳的姐妹們也在這裡嗎？」我問。「傑若特在這裡聚集了多少幽魂？城堡外面還有其他的嗎？」

她空洞的眼眶中滿是悲傷。「傑若特主人說，他會回答妳所有的問題。他不准我們告訴妳任何事。」

我嘆了口氣。他當然會要牠們做這種承諾。至少他沒有低估我。我坐到沙發上，作勢讓那幽魂離開。幸好她確實消失了。我可不需要有人隨時隨地飄浮著監看我。

現在該怎麼辦呢？要逃離這裡只是徒勞無功，大家都會像老鷹那樣目不轉睛地監視，我更是自己誓言的俘虜。眼前是無處可走了。我甚至沒有機會向皮威爾道別。想到這裡，絕望的感受又在心中湧生。就算皮威爾能打敗哈夫根，他會來救我嗎？亞隆會讓他來嗎？我撫著髮辮，視而不見地望著前方，感覺實在是枯悶無聊，就這樣打起瞌睡。

我已經證明自己了！我比他們任何人都要用功！

聽見皮威爾好似呻吟的喊聲，我的魂靈彷彿離開了身軀。

我用連自己也無法置信的高速飛過冥境大地，越過了樹林，四季，冰封的皇朝，隨即在靠近邊境的無人地帶看見皮威爾和哈夫根。我在作夢嗎？又或者這是現實？我以為自己已然掌握了自己的各種力量，這種事卻從來沒有發生過。這裡充滿了魔力，彷彿連空氣也在顫動。哈夫根躺在地上，雙手捂著流血不止的胸膛。儘管那傷勢嚴重到足以致命，他卻在大聲笑著。而皮威爾雙手抱頭，正在痛苦地呻吟。我心靈的眼睛看見亞隆的身軀只是一層透明的殼，幾乎掩不住那少年的真實形貌。接下來的景象更是嚇人：皮威爾的心智和所有記憶都赤裸裸地暴露出來，就像一本敞開的書，任人翻閱。哈夫根正在折磨他，用的是他自己充滿痛苦和羞辱的回憶。

「你讓我不再受苦，我就讓你也免於痛苦。」

我憤怒得連血液也要沸騰了。這不是公平的決鬥，因為皮威爾沒有任何武器來捍衛自己，只除了他的心智。我慢慢走近，檢視著他的各種記憶，卻感受到某種莫名的悸動：他心中滿滿的都是各種片刻、故事和感受，讓我渴望閱讀，而我卻也感到難堪，因而克制了自己想任意檢索的衝動。這是他個人的事，他的隱密思緒。我沒有權利去挖掘他的內在世界。他向來都是尊重體諒的紳士作風，無論是對我，對思亞娜，抑或對亞隆和其他朝臣，甚至對哈夫根這個混蛋也是如此。然而我非得想辦法插手不可，否則他就要被逼到發瘋了。

「請原諒我，」我輕聲低語，隨即搜索了他的心智，略過那些痛楚而專注於尋找充滿希望、諒解、關愛的時刻，任何發生過而足以消減他那苦澀感受的事物。我狂亂地探索皮威爾的記憶，此刻的他卻痛苦地尖叫不已，幾乎要失去最後一丁點的自制了。他的傷痛撕裂著我的魂靈，我卻不能讓自己分心。這麼多年以來的翻書和閱讀，終究得有派上用場的時候吧？

皮威爾的手握注了劍柄。

「事情都過去了，你也原諒了他們！」我大喊出聲，隨即讓所有那些良善溫暖的記憶像潮水那樣淹沒他。

他停住動作，讓手裡的劍落在地上。我立刻感受到自己被拉回自己的身軀裡。**等等啊！**

我睜開眼睛，顯然又回到傑若特的城堡裡。我頭痛欲裂，眼中也滿是淚水。我挫敗地握拳敲著沙發：我不應該在這裡，而應該在**那裡**陪著皮威爾呀。誰知道那個哈夫根還會玩什麼把戲？皮威爾需要我的協助。想到這裡，我僵住了身子，只能用雙臂抱著自己，而在內心深處，我渴望的其實是他的擁抱。儘管我知道皇朝的其他人都會罵我發瘋，卻懷疑自己若是沒有皮威爾，是否還能活得下去。

*

許多個小時就這樣過去。我在屋裡來回踱步，看見那幽魂前來通知我用餐，不禁感到些許安慰。倒不是我期待看見傑若特，但我總不能把自己逼到發瘋吧。

和皇朝的宴會廳相比，這裡的餐廳很小，擠滿了傑若特所謂的軍隊成員。眼前的怪物迥異於城堡外的同夥，牠們不是保持安靜，就是用低聲彼此交談。我看見牠們臉上的憤怒和悲傷，牠們也充滿疑懼地看著我的一舉一動。傑若特站在最大的一張桌子前面，已經在等我了。

「莉安儂，歡迎妳來到我的皇朝——這一切很快也會是妳的了，」他攤著手說。為了這個場合，他穿著一件金色長袍，肩上披著相襯的天鵝絨外套，每根手指上都戴著許多戒指，頭頂還戴著某種冠冕。這和亞隆慣常穿的簡樸灰色上衣相比，真是有天壤之別啊。

「各位朝臣，請歡迎你們未來的皇后。」

　　大家跪下來叩頭行禮，讓我感到喉嚨發乾。這些怪物的情緒彷彿在大廳中旋繞，幾乎有真實的形體而觸手可及。牠們都應該是自由的啊。

　　我坐在傑若特的右手邊。他彈了個響指，幾道菜便憑空出現。大廳中再次充滿低語聲，大家好像都在窺望我。我給自己盛了點菜，卻只是做做樣子而已。

　　「妳在想什麼？」傑若特大口喝著酒。真要我說實話，我會坦承自己在想皮威爾。不知道他是否打敗了哈夫根。不知道他，還有我自己，是否還有希望。

　　「我在想，這裡有圖書館嗎？」滿適合我的謊言。

　　「別擔心，妳不會有多少時間坐下來看書的。至少妳絕對不會感到無聊。」

　　我舉起手裡的杯子，碰了他的。

　　「你有什麼計劃？」

　　「親愛的，耐心點吧。我要先看看哈夫根和亞隆的決戰結果如何，然後才為自己打算下一步。」

　　宴會廳外面突然傳來碰撞喊叫的聲音，讓我吃了一驚。只見大廳的門猛地打開了，幾隻巨型山怪擋住了門外的光線，正在手忙腳亂地追趕什麼人。那是皮威爾！

　　「有人類！很年輕！那是人！不是永生族！是獵物！」大家竊竊私語起來。那少年把手放在劍柄上，卻沒有拔劍，只是迅速環顧四周，看清楚眼前的情勢。然而在各種怪物有機會出手攻擊之前，傑若特已然舉起手來。

　　「等等。」他沒有提高聲音，大家卻僵在那裡。

　　「你是誰，竟敢侵入這裡？」他問。

　　皮威爾還沒開口，我就站起身來。「你沒長眼睛嗎？這個可憐的人類少年在冥境迷了路。他能走這麼遠，實在是讓人驚訝。」

　　傑若特揚起一邊的眉毛。「這怎麼可能？亞隆向來把邊境控制得很好啊。」

「只不過，亞隆現在有別的問題要操心，對吧？」我轉身拍著傑若特的手，皮威爾趁機上前鞠躬。

「尊貴的大人和小姐，我確實是在為家人找食物的時候迷了路。希望您們能大發慈悲，施捨我一點食物吧。」

「當然啦。」傑若特饒有興味地笑了。他不知道自己在對誰說話。

皮威爾怎麼會在這裡出現？這問題立刻有了答案。只見他拿出一個約莫有手臂那麼長的小袋子，邊緣縫有銅線。我以前在亞隆的居處看過那東西，此刻便有了主意。我在內心深處向亞隆誠摯地道了謝。

「給這可憐的人類找點食物吧。他的袋子那麼小，我們又有這麼多足夠分享的好菜，」我開了口。

傑若特比了個手勢，一隻山怪便拿著烤雞和麵包過來。皮威爾默不作聲地打開袋子，看起來只裝得下半塊麵包，但那烤雞乾脆俐落地消失在袋中，緊接著又是四整條的麵包，一大堆蘋果，還有半隻烤豬。

皮威爾假裝蠢笨地抬起頭來。「這怎麼可能？袋子還沒滿呢！」

我不動聲色，心裡卻在偷笑。過去許多個星期以來的訓練已經讓他成為最好的戲子啦。

幾乎整個餐桌的飯菜都已經消失在那個小袋子裡，傑若特的耐性也用完了。

「你這個人類，別裝傻了。那是什麼鬼袋子？用的是什麼魔法？」

「是別人給的禮物，」皮威爾說。

我故作無聊地瞄了大家一眼。「那是幽魂們常用的袋子嘛。你只要伸手進去壓扁裡面的東西，就能破除那魔法了。」

我感覺到傑若特在打量我，便俯身從桌上拿了個蘋果，先不咬下，反而轉頭直直地望著他。「像我們這種高等永生族類，絕對有能力破除低等永生族類的魔法。大家都知道這一點嘛。你叫那個可憐人儘快出門去吧。他娛樂得我們也夠啦。」

　　這番話正中靶心，只見傑若特把肩上的外套拉扯整齊，起身走到皮威爾前面。此時的皮威爾還用雙手撐開著袋口。這少年經過長途跋涉，滿身塵土，憔悴不堪，但整個大廳裡若有哪個人真正配得上統理眾生，那一定就是他。我潤潤乾燥的嘴唇。這法子能奏效嗎？傑若特猶豫了一秒鐘，隨即伸手入袋，只見那袋身開始變大，皮威爾立刻動作流暢地把整個袋子套到傑若特頭上，又踢他的膝彎，讓他往前摔入此刻已然碩大的袋中。傑若特驚叫起來，皮威爾則趁機捲緊袋口，同時拔出長劍，那劍鋒已被血染紅。傑若特大聲怒吼，聲音卻被袋子阻隔而模糊不清。太棒啦。他的天賦現在可派不上用場了。

　　皮威爾拎起袋子，用劍抵著袋中掙扎不已的傑若特，後者感受到尖銳的金屬，立刻安靜下來。皮威爾是怎麼把鋼鐵帶到冥境來的？

　　「傑若特，你給我聽好，否則我就把這劍插入你肋骨之間，讓你就此一命嗚呼。你給我發誓，永遠不再用自己的天賦對抗任何一個世界中的任何一個生物。」

　　我聽見那袋裡傳出憤怒的抗議聲，便對皮威爾點點頭，讓他把劍刺入袋中。

　　「好啦，好啦，我這就發誓！」傑若特吼叫起來。皮威爾很快地鬆開一點袋口，讓傑若特露出臉來，又把手臂繞過後者的頸子，劍尖直對著他的喉頭。現在得由我上場演完這齣戲了，以確保大家今後和未來都不用再懼怕他。

　　「你發誓，永遠不會找亞隆、我、皮威爾、或我們認為是家人或朋友的任何人尋仇，」我開了口。皮威爾沒有說話，眼中卻露出仰慕的神采。傑若特咬緊了牙關，憤怒的目光在我、皮威爾和那劍尖之間游移。大廳裡的所有生物看著這一切，牠們沒有哪一個會幫忙，畢竟大家都沒有接到上前幫忙的命令。到最後，傑若特終究明白了一點：他無論如何想輕舉妄動，皮威爾下手殺他的動作都會更快。

　　「我發誓，」他緊繃著聲音開了口。我看見他眼中的狂怒。「你們現在高興了吧？」

「不，這還不夠。」要是我讓他有任何鑽誓言漏洞或回頭復仇的機會，他就絕對會付諸實踐，即便那是遙遠的未來也在所不惜。「你給我發誓，讓你曾經強迫宣誓效忠的所有生物就此恢復自由，得以用自己的自主意志行動。讓大家從你的每一個約束禁制的字句中解脫出來，這也包括我在內。」

他的怪物大軍，那些低等的永生族類和魂靈都湊近過來了。所有的那些山怪、幽魂、精靈、矮人、還有小仙子——大家都專注聆聽著此刻的對話。

「辦不到。」傑若特露出嘲弄的笑容。「妳不會要我這麼做吧。這些都是落後的野生怪物。我要是放走牠們，大家都會沒命的。妳真以為牠們能分辨那拯救和馴服自己的人之間的差異嗎？牠們只會生吞活剝妳和這個人類寵物，就好像你們只是飼料而已。」

皮威爾環顧四周，大概是想找可能的出路。

「我寧可冒這個險，也不願意再受你控制，還得看著你率軍毀滅整個冥境。你眼前要做的選擇很簡單：你放我們自由，否則就帶著那些誓言進墳墓。」

我從來沒有看過這種殘忍，也希望自己永遠不會再目睹這種事。

「隨便妳吧。所有的宣誓都算解除了。你們自由了。」

傑若特這話一出，皮威爾立刻推開他，一把抓住我就往後退。這樣做是有原因的，只見各種生物立刻朝著我們蜂擁而來。大廳裡的燭火熄了，周遭的躁聲震耳欲聾。各式各樣的尖爪利齒抓咬、撕扯著我。我不知道這些生物只是驚慌失措，還是真的有意攻擊我們。皮威爾用他強壯的手臂環抱著我，另一手用力揮劍逼退那些生物，讓我得以呼吸。這真是天下大亂啊。

成群結隊的山怪在陰影處出沒，幽魂和河精們彼此攻擊，地妖們則撲抓著大群咬人的精靈，還有幾隻其他的巨型野妖正在拆牆。我呆呆望著這一切，只覺得難以動彈。我從來沒有看過這樣深切的憤怒、恐懼和無所控制的暴力。

皮威爾拉著我向宴會廳的大門走，那門的鉸鍊卻幾乎鬆脫了。幾隻黑色獵狗直撲進來。我們朝護城河的吊橋跑，那裡也是一片騷亂。水怪們咬掉了部份的橋面，河裡的其他怪物更激起陣陣巨浪撲擊著城牆。看似鳥類和蝙蝠的各種惡鬼接二連三地俯衝下來，丟擲著砸人的石塊。我真高興皮威爾採取了主動。若是沒有他，我想必還會站在宴會廳裡看著整棟建築垮下來。他說得沒錯，我的動作確實很慢。

皮威爾突然停住腳步，我順著他的眼光看去，只見吊橋末端站著一個女人，梳著自己的暗色長髮。她全身赤裸，皮膚像月光照在平靜無波的海面上那樣閃閃發光。這是個海妖。她吟唱的聲音幾乎低得聽不見，卻似乎攫住了皮威爾的全副心神。他依然把劍舉在身前，握劍的手卻是鬆的。他像是在夢遊，跌跌撞撞地朝她走去。她微微一笑，我卻瞥見一排尖牙。我心中湧出無比的怒氣：皮威爾是屬於我的，我也不會和冥境或任何其他世界的任何生物分享他。我雙手握拳，趕上皮威爾，眼前不需要用上任何魔法，我自身的靈光就足以嚇退那個海妖。她珍珠般的肌膚脫落下來，露出一個扭曲的魚頭和兩隻醜惡的眼睛，隨即轉身跳進護城河。皮威爾似乎立刻清醒過來，抓著我的手繼續往前跑，就好像什麼事也沒有發生似的。我們過了橋，沒命似地狂奔。

「我的馬在那邊的樹叢裡，馬上就到了！」他喊著。

我抓起裙襬，另一手護著頭。大批的枯枝、石塊和沙土如雨般從天而降，某種刺鼻的臭味也傳了過來，顯然有什麼讓人作嘔的東西正在爆炸燃燒。等皮威爾拉著我跑到馬前，我才有機會回頭觀望，只見傑若特的城堡已然陷在重重烈焰之中。

第九章：逃亡

皮威爾

　　哈夫根被打敗了，傑若特也有了應得的下場，我卻不知怎的，只覺得我們只有回到皇朝才會安全。畢竟那些憤怒的魔法生物擁有無比的毀滅力量。我驅策著馬，先是小跑，隨即狂奔。崎嶇不平的地面似乎對牠毫無影響，即便背負了兩個人也是舉重若輕。馬兒突然躍向一側，只見一群精靈像大團雲霧般飛來，各自有著色彩不同的翅膀。有幾隻抓住莉安儂的髮辮，她尖叫起來，我便揮劍把牠們打跑。就在那一瞬間，奔馬的噠噠聲突然夾雜了砰地一響，我緊抓住馬鞍才沒有撲摔下來。是踩到坑洞了嗎？緊接著又是一聲巨響，莉安儂便讓馬停步，自己躍下馬來，我也照做了。我們再次聽見那巨響，腳下的地面也隨之震動。是有地震嗎？發生了什麼事？我回頭探看，差點沒有咒罵出聲，只見大批的沼怪正朝我們這裡而來。牠們順手摔砸著自己眼見的任何東西，沿路激起了大片沙塵。

　　「跟我來！」莉安儂在混亂中大叫著。我不再看那群無堅不摧的沼怪，轉頭跟著她跑。天知道她怎麼發現樹叢後面有玄機，但她竟然找到一個小山洞。我還沒來得及縮身入洞，就被第一隻沼怪趕上了，眼看牠踢出一隻綠色臭腳，我本能地矮身朝側面一滾，堪堪避開了被踩扁的命運。我滿嘴都是沙土，翻滾過隆隆震動的地面。眼前沒有時間尖叫，我只能用手掩住頭面以保護自己。我僥倖沒有受傷，卻因為身子反覆撞擊地面而震得骨架都要散了。

　　「皮威爾！」莉安儂的聲音在這騷亂中幾乎低不可聞，對我而言卻是黑暗中的一盞明燈。我在塵沙之中幾乎難以睜眼，卻頭昏眼花地掙扎著奔向她的聲音。某種東西再次把我撞倒，我不由自主地往前摔落，正倒在山洞裡。我抹掉臉上的沙，抬眼探看，只見頭頂依然有大批塵土散落，這洞穴卻還算堅實。我咳嗽起來，用力捶了幾下胸膛，胸口的壓力卻顯示，我又要發作了。

「你受傷了嗎？」

莉安儂拂開我前額沾黏的髮絲，我搖搖頭。在這一連串事故之後，我想必會滿身瘀青，卻還是保全了性命。隨著那些沼怪的躁聲逐漸在遠方消逝，我的氣喘終究也好轉了。

「距離皇朝還有多遠？」我嘶啞地問。

「近到可以步行，但誰知道又會發生什麼事呢。在皇朝之外，冥境通常是一片混亂，特別是現在，各種平衡都還在復原當中。」

「聽起來真是振奮人心啊。」

我們走出山洞，伸手摒擋刺目的陽光。放眼望去，只見崎嶇的地貌逐漸轉變為無邊無盡的綠色原野。草葉直長到人的腰部那麼高，就好像從來沒有牛羊在這裡覓食似的。

我突然聽見某種響亮的嗅聞聲，立刻拔出長劍。只見一人身形優雅地大步走來，周圍的野草在他經過時枯萎死去，縮減成黑色塵沙。他的皮膚蒼白如枯骨，甚至看得見血管。他的頭髮和牙齒都是黑色，眼裡則盡是腐氣。莉安儂縮身後退，說了我懼怕的兩個字。

「惡鬼。」

而且還不是小隻。

他在我們身前幾步停下來。

「皮威爾，班達仁的兒子：你在趕路呀。」

他的嘴唇沒有移動，聲音卻清晰可聞。

「走快點當然好，」我回答。「我們正在回家的路上。」

那惡鬼開始繞著我們打轉，我便把莉安儂護在身後。他在周遭的草地上走出了一圈死亡。

「這是個兩難的局面......」惡鬼開了口，分叉的舌頭閃動著。「因為你先前的……舉動，禁閉我那些同類的大門已經被關上了，亞隆和袞納達也在追捕我和其他脫逃的人。單單是這樣就足夠我下手殺你了，當然也要吞吃你的魂靈。」

我全身肌肉緊繃，準備好自己為生命而戰。我能爭取足夠的時間，讓莉安儂順利逃生嗎？那惡鬼停住腳步，背後伸出好似皮質的翅膀，還有一隻蜥蜴般的尖尾。我不禁潤潤乾燥的嘴唇。「在此同時，我又虧欠你，」他繼續說著。「傑若特的構想很有創意，我卻不喜歡自己被他的意志束縛。我能獲得自由，確實要感謝你。而且，正因為你讓我自由，我不會殺你，但我從此也不欠你什麼了。」

我皺起眉頭。這樣說來，他為什麼還要攔路？他彷彿探測到我的心思，微微側頭，半笑不笑地微微揚起嘴角。「我反正要找亞隆復仇，拿他的子民下手再適當也不過了。」

他以迅雷不及掩耳的速度甩出長尾，我本能地出劍摒擋。那尾巴卻在即將擊中我的時候猛地轉向，我滿心驚恐，看著那尾尖刺入莉安儂的肩膀，隨即迅速撤回惡鬼那裡，莉安儂僵直地站著，圓睜著大眼，驚訝地看了肩膀一眼，這才癱倒在地上。

我怒吼出聲，轉身面對那惡鬼，他卻獰笑著張開翅膀，身子飛昇到半空中的時候激起一陣狂風，把我撲得倒在地上。他拍了兩次翅膀，就這樣消失成天空中的一個黑點。我爬著過去檢視莉安儂，只見她雙目空洞地瞪著前方，滿臉驚駭，一手捂著肩膀。

「痛……」她低語著。「我從來沒有感受過這種疼痛……不是像這樣的。」

我輕喚她的名字，小心地扳開她捂住傷口的手指。她呻吟一聲。

「抱歉。」我撕開她肩處的衣服，隨即用力吞了一口唾沫。如果這只是單純的刺傷，就應該會沒事，但這傷口可不一樣：邊緣焦黑如墨，明顯可見的毒素正沿著她的血管流竄，在她皮膚上顯示出可怕的斑紋。我撕下她衣袖邊緣，盡可能包紮傷口，卻知道這無法阻止毒素蔓延。

她一把抓住我，滿臉哀求。「帶我回皇朝。」

她隨即雙眼翻白，就這樣癱軟不動了。

我輕按她頸間，依然可以察覺蒁弱的脈搏跳動。她剩下的時間不多了。我把她抱起來，放到馬鞍上，自己坐到後面，把她緊擁在懷中，隨即策馬盡可能迅速越過原野。她說過的，皇朝的距離近到可以步行。我們能及時趕到那裡嗎？我俯著身子鞭策馬兒快跑，四周的景觀也急速變動。皇朝邊界的拱門在哪裡？我持續檢查著莉安儂的呼吸，但她的每次心跳都可能是最後一次。我咒罵起來。我們為什麼得在這節骨眼上撞見那個惡鬼？我們經歷了太多劫難，更別說是我和哈夫根的對戰，還有她和傑若特的周旋……這一切似乎都毫無意義。我抓緊韁繩，把莉安儂的身子扶正一些。我終於能擁她入懷了，卻是……

「撐著點。我答應要帶妳去戴伏德的。別放棄！」我哀求著。

馬兒似乎能理解事態的嚴重，更加快了速度。牠滿身大汗，我也感到頭側的汗水滴落。彷彿過了永遠那麼久，我們眼前才出現大理石板的路面。我們毫不逗留，直奔皇城。

路面毫無人跡，顯然大家都還被迫待在皇城裡。亞隆在城裡，還是在外面追捕那些惡鬼？我抵達城門，翻身下馬，小心地抱下莉安儂，讓她的頭靠在我胸前。宏偉的城門似乎還認得我，自動打開了。

「亞隆！」我大喊起來。「快找醫生！莉安儂受傷了！」

我四處張望，想找人幫忙，驚慌的感受卻竄過全身。周遭的人都一臉驚駭地望著我，卻沒有人認得我。當然啦，因為我此刻在自己的身軀裡。有些人抓起武器，其他人則遠遠逃開。我叫著亞隆的名字，心裡卻滿是憤怒和無助。

亞隆突然憑空出現在眼前，眼神嚴肅。

「怎麼傷的？」

「惡鬼。她中了毒。救救她！」

他一聽這話便蒼白了臉，隨即控制住自己。堵在我胃部的那塊大石頭似乎更加重了。

他接過莉安儂的身子，我們便奔入皇宮大廳，上了階梯，進入我不久之前才住過的那個居室。亞隆懷中的莉安儂看起來簡直是面無人色，也更為脆弱了。

請讓她活下去，別死啊，我在心中哀求著。

亞隆踢開臥室的門，把莉安儂放在床上。我在門邊徘徊，艾妮德卻衝了進來。她把手放在莉安儂的額頭上，又瞄了一眼我當時胡亂包紮的傷口，隨即彈了個響指，身邊便出現一張小桌，上面放了清水、繃帶和幾個瓶子。亞隆低聲對她說了什麼話，她點點頭。

「別吵我。」她惱怒地說著，又瞪我一眼。

亞隆引領我出門，安靜地回到居室。他彈了個響指，讓壁爐自動生了火，隨即示意要我坐下。我僵直地坐在椅子上。這房間似乎比我記得的要寬敞許多。冥境之王俯身靠在椅背上。

「我們已經盡力在救她了。」他開了口。

「惡鬼有能力殺死永生族。她有多少機會？」我跳起身來。「我們該去找袞納達嗎？他是否能幫忙？」

「我弟弟能為莉安儂出的力，基本上和我是一樣的。艾妮德是唯一能幫助她的人。我只希望這就夠了。

我瞪著爐火。「我也是。」我照著莉安儂的話，帶她回到了皇朝。我該做、能做的事都做了，卻依然覺得自己讓她失望。

亞隆踏前一步，把手放在我肩膀上。「你得休息，要不然，你也會被拖垮的。你從決戰以來就一直沒有歇過氣。」

「不，我沒事。」

「睡吧。」亞隆下了命令。

我感受到身邊旋繞的魔力，還沒來得及對抗就不省人事了。

*

　　我慢慢醒來，身下的床軟得驚人。夢境的殘缺片段縈繞在心中，卻無論如何也記不分明。是早上了嗎？我不想錯過早晨鍛鍊的時間，想到這裡卻猛地坐起身。等等。這裡不是戴伏德，而是冥境。我咒罵一聲，立刻跳下床。莉安儂！我的衣服在哪裡？旁邊的小桌上放著一堆乾淨的衣物，我迅速套上衣褲，赤著腳就往門外跑，隨即認出這裡是皇宮的許多間客室之一。我跑過走廊。如果眼前的一切還保持原樣，那麼……

　　烏萊恩在亞隆的居室外面把我擋下來。

　　「等等，」他說。

　　「我要見莉安儂。」我繃緊著聲音回答，只想繞開他。

　　「他們把她移回自己的居室了。」

　　「謝謝。」我轉身往她的住處跑，卻又被烏萊恩叫住。

　　「我有幾百年沒見過人類了，你看起來卻很面熟。」他皺起臉，隨即像是把思緒放到一邊。「亞隆說你幫他打敗了哈夫根，還把莉安儂帶了回來。我要感謝你所做的一切。你真是冥境的英雄啊。」

　　「你太過稱讚我了。」

　　若是沒有莉安儂，我是不可能保住這條小命的。我向烏萊恩鞠了個躬，這才往莉安儂的居室跑。沿路碰到的其他永生朝臣都沒理睬我，我也不理會他們瞪視的眼光。

　　莉安儂的房間比亞隆那裡要明亮得多，牆面也有柔和的七彩裝飾。我四處張望，看見的都是關於人類的描繪和書本形狀的圖樣，卻並不感到驚訝。角落是她常用的書袋，袋口還探出半本書。她躺在單薄的被單下面，床邊站著亞隆，雙手負在身後。

　　「艾妮德想辦法阻止了毒素的蔓延。她還在睡呢。」他沒有轉開凝視她的目光。我不由自主地走上前。「這是我的職責，要引領、保護她和其他的所有人。我應該自己去解救她的。」

　　亞隆和我在這方面很相似。儘管這冥境之王自有始以來就存在了，我們卻都感受到保護子民的重責大任。我們也都為莉安儂的命運轉折而責怪自己。她姣好的臉看起來安詳寧靜。有人把她銀色帶金的頭髮編成了雙辮，靠在頭的兩側。她胸口的被單幾乎沒有怎麼起伏，卻足以證明她還活著。我感到一陣慰藉，胃部的那個死結似乎也略微鬆開。我彷彿又能呼吸了。

「她得靠自身對抗毒素才行，或許......得花上一段時間，」亞隆繼續說著。我感到一陣寒顫竄下背脊。他的聲音毫無愉悅。

「要多久？」

「誰也不知道。一天，一星期，一年......」他轉身面對我。「甚至是幾百年。」

我張口想說什麼，卻在明白他話中之意時又閉上嘴。我記得自己在許多個星期之前對莉安儂說的話：永恆是永生族的，不屬於人類。

「我可以等，」我回答。「我在這裡不受時間的控制，不是嗎？」這話空空洞洞，因為我已經知道亞隆會怎麼答覆。

「戴伏德需要你，遠甚於你所知。你在冥境待得太久了。」他拍拍我的肩膀，走到門邊。「我稍後就帶你回家。」

門在他身後關上了，房裡的沉默好似重負壓在我肩頭。我拉過一張椅子，坐在床邊，隨即有些猶豫地握住莉安儂倚在被單上的手。我的手指比她的長。和我長滿厚繭的掌心相比，她的肌膚光滑如絲。

「我該怎麼實踐自己的承諾？妳幫了我這許多，我應該帶妳回戴伏德的。妳會喜歡那些馬，還有我們的城池。只不過，我們那名喚『凱爾達西爾』的劍廳現在是一團糟，特別是和冥境皇朝相比。還有......」我口拙地胡言亂語。當然啦，她的口齒比我要伶俐多了，但周遭有些聲音總是好的。我看著她的臉，只想記住她的每一個輪廓，每一根髮絲，她即使在睡夢中也依然輕蹙的眉梢。或許我永遠不能再見她一面了。我還能怎麼做？還有什麼希望？和她的永生相比，我的一生只怕還不到一分鐘吧。我眼中湧出淚水，卻難以自制。

我聽見紙張摩擦聲，便抬起頭來，用手抹著臉。只見莉安儂那個皮袋裡的書都飛了出來，另外幾本書和羊皮紙卷也憑空出現在眼前。它們互相堆疊，彼此捲折，慢慢形成了一個人體的模樣。我帶淚笑出聲來。

「你是圖書館的鬼魂嗎？」我才開口，那鬼魂就遞來一本有著藍色皮面的小書。我尊敬地接下，看著封面，慢慢讀出書名：**馬比諾吉昂的第一個分支：戴伏德之子皮威爾。**

我感到一陣寒顫竄下背脊，翻開了書。第一頁有著細膩線條繪成的白鹿，正像我記得的那一隻。而在下一頁的大段文字旁邊，我看見色彩豔麗的圖繪，畫的正是我改變成亞隆的形貌。

這是我的故事。

我翻看著整本書：我和莉安儂的初識，和哈夫根的對戰，我們從傑若特的城堡逃生。而在文字記載的最後一頁，我看見莉安儂躺在床上的圖繪，正像她現在一樣。在那之後的書頁都是空白，看起來幾乎是透明的。就好像這部份的書還沒有寫成似的。

「謝謝。」

圖書館的鬼魂向我回了禮，那些書便自動在床邊整齊地堆成一疊。房裡彷彿起了一陣風，那鬼魂也跟著消失。我不確定他讓我看這本書的用意。這是臨別的禮物嗎？讓我不會忘記莉安儂？

不，我永遠不會忘記她。我想到我們的第二次見面，正是在那圖書館裡。我在那小書文字記載的最後一頁折了個角，然後小心地把書放在她胸口，移過她雙手蓋著。

「希望妳能來找我。」

我感到一陣衝動，便俯身親吻她的唇。屋外的走廊某處突然傳來關門的聲音，我立刻直起身子，像是被人逮到似的。眼前的訣別拖得也夠久了。

她不知道什麼時候才會醒來，我的心也有一大半留在那屋子裡了。我發誓自己一定要儘可能活久一點，就算是為了她，為了我自己，也為了我胸中僅存的那一丁點和她廝守的希望。

第十章：夢境

莉安儂

是誰在叫我？我心中浮現一個名字，卻又轉瞬消失無蹤。周遭籠罩著黑暗，我只能看見自己的腳，眼前還有無止盡延伸到遠方的一條灰色道路。我停不下腳步，無法休息，因為一切都終將失去。那聲音又傳來了，是個男聲，如此靠近卻又如此遙遠。他鼓勵我繼續前行，一步又一步朝著我要去的地方走，我卻不記得那是何處。這路程漫長而艱苦，迎面吹來的風中似乎有回音般的說話聲，低語著我的名字和一個故事的某些片段。我知道那是我的故事。腳下的路變寬敞了，我可以看見自己的手，還有路面石板縫隙中的野草。我聽見鳥鳴，小溪流水的輕流聲。遠方有山脈高聳入雲，整個世界也逐漸出現在眼前，像是有人在畫中增添了新的色彩似的。想來時間的開始就是這副模樣吧。

有人在叫我的名字，我便轉身面對初昇的太陽。我睜開眼睛，看見自己房間的天花板。我的身子笨重無比，手腳都像是石頭做的。體內痛得厲害，讓我一時之間喘不過氣來，只能眨著眼睛，甚至無法轉頭。發生了什麼事？黑暗又淹沒了我。

就這樣持續了好一陣子。夢境，黑暗，痛楚，其中夾雜著短暫的清晰。這確實是現實吧：我的臥室，我那畫著花草植物的天花板，偶爾還有一些書。我絕少聽見聲音，卻不知道它們都在說些什麼。慢慢地，清醒的時間變長了，我的手腳也開始有輕微的刺痛感。我一有能力轉頭，就看見艾妮德坐在床邊。她露出笑容，我勉力揚起嘴角，隨即又陷入黑暗裡。

就像那刺痛感的增生，我的記憶也逐漸恢復。先是片片斷斷、彼此重疊的夢境，難以釐清，但在一陣子之後，它們成了拼圖的碎片，等著我加以組合還原。我記起自己之前在這裡的生活片段，讀過的幾頁書，見過的幾張臉。

清醒好一會兒之後，我甚至能聽見有人在這屋裡交談。

「她慢慢康復了，真讓人慶幸啊。」我聽見亞隆的聲音，然後是烏萊恩。「別提他的名字，除非她開口問。」

再次醒來的時候，我思索著烏萊恩說的是誰。

就這樣過了好一段時間，我終於能稍微坐起身來了。我手裡有什麼東西落到床上，是一本書。我這段時間以來一直捧著這本書嗎？為什麼呢？我伸手去拿書，床邊的亞隆卻動作更快。

「我想，妳還是稍後再看這本書吧。」

「發生了什麼事？」我虛弱地問。

「妳先專心復原身子，之後就會想起來了。」

「要多久呀？」

「耐心點。」亞隆走到房間另一邊，把書放在架上。「等妳足夠健康，可以走到這裡，就能讀這本書了。」

我在他眼中看見挑戰，便坦然接受。我決心在每次清醒的時候都把自己的能刀推到最極限。先是慢慢坐起身子，移動手腳，不理會體內的痛楚，只是小心地把重心移至雙腳。剛開始我總是摔倒，只得等別人把我抬回床上。我踏出的第一步是絕大的勝利，第二步也是如此。

那本書的藍色封面召喚著我。那些書頁之間有一個秘密在等我。它會讓我完整、完全，不再有任何缺憾。儘管如此，那本書依然像是遠在天邊。我一步步地靠近，卻還到不了那裡。時間就這樣過去，我逐漸失去耐性，煩躁不安，只會叫床邊的任何人把書拿給我。他們都拒絕了，因為亞隆說過，我必須自己去拿書。臥室的四面牆壁彷彿想禁錮我。我渴望踏出房門。

這真是夠啦！我勉力起身，開始往前走，剛開始的幾步信心滿滿，接下來卻蹣跚遲疑，力氣也逐漸消失。我喘不過氣來，腹部的一邊痛得厲害，腳步也慢到幾乎靜止。**抬腳，放腳，身子重心往前移，就這樣重覆。**我對自己做著指示，距離目標越來越近，隨即伸出手來。我的手指剛觸到書背，整個人就跌坐到地上，這卻足以把那書從架上撞落。我因為太過耗力而心跳得厲害，眼前滿是金星，這次卻能摒除那在眼角窺伺的黑暗，伸手拿過那本書。

我的目光越過封面的各種符號，讀到那個名字的時候，這一切突然就有了意義。**戴伏德之子皮威爾。**

記憶的瀑流淹沒了我。拼圖的最後幾個碎片得以組合還原。我知道這一切為什麼發生了。我知道自己渴望的是什麼。

「亞隆！」我大叫起來，聲音卻不夠有力。「我要見你！」

亞隆走了進來，就好像他一直在等我召喚似的。他像往常那樣穿著灰色衣服，臉上毫不流露任何情緒。我心中湧生怒意和困惑，只想提出長串的問題，但身子的力氣依然有限，我只能小心選擇自己要說的話。

「我昏睡了有多久？」我一開口就猛喘氣，立刻冒出下一個問題。「皮威爾還活著嗎？」

亞隆跪了下來，讓身子和我等高。

「妳昏睡了非常久，但他還活著，」他回答。

「我要見他。」

「妳知道的，我不允許任何朝臣踏足人類的世界。」我還沒來得及開口反駁，他就豎起一根手指要我噤聲。「別費力了。我知道自己虧欠了妳。你們兩人打敗了兩個窺伺皇位的永生族類，也為此付出了極大的代價。我只是要妳知道，妳去了人類的世界，就不能再受我保護了。」

我點點頭，等著他把話說完。

「為了讓妳能碰觸那個世界的鋼鐵，我必須限制妳的天賦。妳一旦踏入那個世界的大門，就會像人類那樣手無縛雞之力。」

「卻也會像他們一樣堅強。」

「妳會感受到痛苦，不適，還有憂傷。」

「我知道痛苦是什麼，也會學會其他事物。」

他讚許地點點頭。「等妳完全康復，就可以自由離開了。」我握住他的手，讓他幫著我蹣跚地回到床上，坐下來的時候卻看見他眼中有一絲猶豫。

「在極短的時間內，人類可以有極大的改變。我不能保證皮威爾見到妳會歡天喜地。而就算你們兩人歡喜重逢，妳在那裡待著，遲早要看著他衰老死去。」

我把目光轉到自己手中握的書。我待在冥境這裡真的會比較好嗎？我能繼續讀自己的書，假裝這一切都沒有發生嗎？眼前的答案很清楚，就像書中文字最後一頁的那個折角一樣。

「我願意冒這個險。」

第十一章：策馬

皮威爾

那刺客潛入我的臥室，冷靜而充滿自制，像陰影那樣越過房間。屋外的暴雨擊打著窗櫺，響亮到足以蓋過其他聲音。我四柱床的帷簾沒有拉上，他僅可以出手，此刻便拿著短刀刺向我。

要是我還躺在床上，現在早就死了。在他發現自己只刺中一堆衣物之際，我從自己藏身的壁毯之後現身，出手一劍擊落他手裡的刀。我的劍尖抵著他的喉嚨，逼著他後退，靠在牆上。我示意要他舉起手，不讓他有機會碰觸褲袋中的另一把短刀。

「是誰派你來的？」我盯著他問。

「你怎麼……我以為……」

「你以為自己能一舉成功？伊凡，費歐！」我叫了一聲，兩人便在幾秒鐘之內走進臥室。我弟弟伊凡穿著睡衣，手裡拿著劍，身後則是還在喘氣的侍衛長。

「對不起，陛下，我先前有任務，這才……」侍衛長一見那刺客便拼命道歉起來。

「拿他的武器，」我下令。「伊凡，你去把卡德番抓起來，免得他偷溜。是他放這賊子進來的。你會在馬廄裡找到他。」

費歐立刻把那人的雙臂扭到身後，強迫他跪下來，照我的指示奪了他的武器。我在同時換好衣服，目光卻連一秒鐘也沒有離開那刺客。伊凡拎著掙扎不已的卡德番進來，後面跟著幾個侍衛。這小兵的一頭棕髮垂到臉上，圓睜的眼中盡是恐懼。這實在是浪費生命：他才十五歲，近日才加入侍衛隊，卻沒幾天就接受了賄賂。

我把雙臂交抱在胸前。「你們哪一個要告訴我，這件事的幕後主使是誰？」

那刺客吐了口唾沫。「我要是說了，有什麼好處？」

伊凡以一拳作答，打得他鼻端滴下血來。「有什麼好處？至少可以避免我們用刑逼你開口！」他吼叫著。

我示意伊凡別衝動。

「用刑倒不必要。我想你一定在猜，我是怎麼知道你的計劃的？」我停住話聲好一會兒，確保大家都在專注聆聽。「那些謠言都是真的。我在冥境有力量強大的盟友，他們昨晚就警告說你會來，現在也等不及要把你撕成碎片。」

我話聲平靜，就好像這一切都是再正常也不過，而這也起了效用。過去和傑若特的周旋教會了我，暴力並不是最好的解決辦法，精心策劃的威脅反而能有所成就。眼前這兩人此刻已經面色蒼白如紙了。「只要你們招認一切，或許就能免於這悲慘命運。」

「這都是雅萊安排的，他是伊斯崔的貴族，來自辛布蘭，」卡德番衝口而出。「求求你，陛下。他想除掉你，趁著接下來的混亂來奪我們的馬匹。我真的對不起！」

那刺客踢了他一腳，卡德番卻還沒說完。

「我真的沒有選擇呀。我需要錢，否則就沒法還債，我的家人也要挨餓受凍了。求你饒我一條命吧！」

我撫著前額，感覺頭痛起來。

「把這刺客關進地牢，過幾天就送他回辛布蘭的首都，讓利爾王去處置他和那個雅萊吧。就我所知，利爾王一直想找機會免除那個狂人的貴族頭銜。」

費歐朝卡德番點點頭。「那他呢？」

我若是下令處死這小兵，大家也會視作是理所當然。他犯的是叛逆的死罪，但他畢竟也是少不更事，單純無知。我嘆口氣，心知自己看人還是滿準的。

「讓他去礴溫那裡當幾年出氣筒吧。看看這長壽的劍師是否能教他懂點道理。還要確保他的家人不要挨餓受凍，讓他不會再有機會背叛我，」我陰鬱地說。

那小兵撲通一聲跪到地上，眼中湧出淚水。他悄聲道了謝，便束手讓侍衛們拖走了。他們一離開，我就去角落的櫃子那裡拿了一瓶蜜酒。我仰頭喝了一大口，抹著自己的嘴和短鬚，順手把酒遞給伊凡。他猶豫了一會兒，卻還是接過酒，啜了一口，隨即尷尬地看著我。

「你不是說笑？冥境真的有吞吃魂靈的生物？」他開了口。

我勉力不打呵欠，坐了下來。

「是真的，但那些怪物都被冥境之王禁閉起來了。」我不知道亞隆和袞納達是否逮到了所有的惡鬼？「但我確實做了個夢，警告我會有刺客到萊。我醒來的時候只有足夠的時間躲到安全的地方。」我在心中舉杯向亞隆致敬。過去這些年以來，他一直在用各種方式延續我們之間的友誼。有時候是偉岸的駿馬突然出現在馬廄裡，有時候則是新生的艷麗鳥類，農場上甚至還多了幾隻品種特異的仔豬。就連我現在騎的那匹黑馬也是亞隆送的，無論我到哪裡，牠的俊美、壯實和威猛都引人讚羨。我也曾會在當初遇見他的森林裡留了禮物，卻不知道他是否收到。

在他代替我治理戴伏德的那段時日裡，有著許多偉大的創建，我也希望能善加延續。這些年來，我廣為宣揚關於冥境的各種精彩故事，藝術家和音樂家都受到啟迪，我們的時尚和建築技術也有了可觀的進展。戴伏德和辛布蘭兩個王國之間的關係依然緊張，但誰又有能力一舉解決所有問題呢。

「你應該娶妻的，」伊凡發著牢騷，拿過酒瓶。「我不想做皇位的繼承人。」

「一旦有這必要，你就會學會一切。我就是這樣過來的。」

「我不認為自己能超越皮威爾的豐功偉績，畢竟你是冥境和皇朝的英雄嘛。你多活幾年，不要死，好吧？」

「信不信由你，我確實有這個打算。」

*

我勉力面對這天的其他職責。各種政策的決定，各大家族之間的吵嚷紛爭，牧場上受到感染的一個馬群，搭建橋梁所需的花費，還有劍廳本身修繕固防的預算。我根本不在乎這些事。早晨和伊凡的鍛煉讓我的頭腦冷靜不少，心思卻完全不在這些事物上面。

我剛換好衣服，費歐就來敲門了。

「陛下，有個送信的人想見你。他有奇怪的故事要告訴你。」

「讓他進來。」我把腰帶拉好，等著那送信人彎腰作揖地說完各種敬詞。他只是個孩子，低著頭單膝跪在地上。

「你有什麼話就說吧。」

他抬起頭來。「陛下，有人在阿伯斯的丘陵那裡看見奇怪的事。過去兩天以來，每到傍晚，就有一個身份不明的女人在山丘上騎馬。她穿得像是皇族，而她雖然讓馬慢步走著，卻沒有人能追得上，和她說上幾句話。等太陽完全下山，那女人又會消失在一陣怪異的迷霧裡。」

我被這故事引起了好奇心，卻不敢期盼什麼。

「她的相貌如何？」

「看見她的人說，她個子似乎不高，有一頭銀色長髮。」

我吞了一口唾沫，賞謝了那個送信人，然後立刻召喚了費歐和我的侍童。我要立刻去阿伯斯，絲毫不得耽擱。

我們在幾小時之後趕到那裡，太陽還未下山。儘管這天沒有下雨，空氣卻潮濕滯悶。阿伯斯的丘陵長滿了綠草，間或有坑窪或半埋在地裡的石塊。我們沒費什麼力就登上了丘頂。戴伏德有許多比這更壯觀的山丘，人們卻謠傳這裡有通往冥境的門戶。謠言沸沸揚揚，弄得附近大部份的居民都遠遠避開這一帶。

「聽起來像是哪個醉鬼的胡言亂語。」伊凡咕噥一句，鬆開了馬鞍的繫帶。我原本讓他待在劍廳，但在昨晚的行刺事件後，他似乎想隨時隨地保護我。費歐也有些擔心，安排了大批侍衛，遠遠超過了這種慣常出巡所需。

我聳聳肩。「最壞的狀況不過是我們在濕冷的野外過夜。至少大家不會說我不肯降尊紆貴，和老百姓平起平坐。」

我們晚餐吃了冷食，又擲了幾回骰子以打發時間。我接連擲輸了好幾回，卻沒在乎這種小事。等太陽開始下山，天色轉暗的時候，我緊張地四處探望。只見一陣迷霧升起，那騎馬的女人果然出現了。大家都跳起身來，我則立刻上了馬。我剛開始只能看見一個陰影般的身形騎在馬上，然而我越是靠近，看得就越清楚：長長的髮辮在風中飛舞，銀色帶金的髮絲閃著光。這足夠證明一切了。我策馬小跑起來，隨即俯身前移重心，加鞭改為大步狂奔。周遭的地貌在漸深的霧色中改變了。身邊的各種聲響慢慢消逝，只有震耳欲聾的馬蹄聲仍可聽聞。我感受到馬兒的心跳。牠壓低雙耳，鬃毛因為汗濕而黏膩，卻依然沒有讓我失望。

那送信人說得沒錯：儘管那個身影只是策馬緩步徐行，我卻是再怎麼盡力快奔也追不上她。要是她肯停步就好了。我會知道那究竟是她，還是我的眼睛在玩把戲。我鼓起勇氣喊叫出聲：「莉安儂，如果是妳，如果妳還在乎我，就停下來吧！」

她回過頭來，雙眼驚訝地閃著光，就好像在這之前一直沒有看見我似的。她拉著韁繩讓馬朝我走來。「果然。」她的目光轉移到我那滿身大汗的坐騎，這馬差點因為出力狂奔而口吐白沫了。「你要是早點出聲叫我，馬兒就不會這麼累啦。」

我聽出那話中的嘲弄意味，不禁安慰地笑出聲來。只有她會對我說這種問候話。她下了馬，我也躍下馬鞍，卻不知如何開口，只能抓過幾把野草，擦拭著馬身一邊的汗水。她也過來擦著另一邊。

「你的短鬚很好看。」她打破沉默。

我立刻伸手去摸。早上才剛剃過的。「沒有亞隆的好看，我卻已經盡力了。」我們之間還是有些緊張。

「有多久了？」她終於又開了口，抬眼隔著馬鞍望我。

我僵住身子，滿心渴望在克制這許多年之後終於浮現出來。「三十多年了。」

「在這世界算是滿長的時間。」

「在妳的世界卻算短。」

「你忘了我嗎？」

我在心中找尋合適的字句。我能告訴她什麼呢？我能說她依然縈繞在我夜晚的夢中嗎？能說我努力想忘記她，卻是徒勞無功嗎？我能坦承自己太愚蠢，竟然愛上一個生命比我更為淵遠流長的人嗎？「我沒有忘記妳。我當初會帶妳來這裡的，妳卻已經自己找到路。」

她繞過馬兒，走到我身邊。我只能緊抓著馬鞍支撐自己。等莉安儂碰觸我的手，我便明白自己再也無法承受這種懸疑壓力了。「你知道，我其實用得上一個嚮導。」

我的自制至此全然崩潰，我一把擁她入懷，就這樣吻著她。她伸臂環著我的頸子，像我向來期盼夢想的那樣熱烈地回吻著我。她的手指順著我的髮絲，我便享受著她的親暱，她的溫暖，還有這一切的真實。我略微往後退，凝望她的灰色眼眸。

「我以為自己再也見不到妳了。」

她用前額抵住我的，閉上了眼睛。她的氣息撫慰著我的臉頰。「我也是這樣以為。」

「妳願意讓我在此生剩下的短暫時光中帶妳參觀這裡嗎？」我冒出這句話，隨即把臉埋入她髮間。

「我等不及要出發啦。」

我抬起頭來，看見周遭的迷霧已經消失了，她的馬也不見蹤影。我的侍衛隊過來了，領頭的正是伊凡。

「既然如此，我就來介紹一下。這是我弟弟。」

她露出笑容，我便抱她上了馬。

「我們還得在黑夜籠罩大地之前找個地方過夜。」

我們就這樣策馬離開。我緊摟著莉安儂，感到一陣寒顫竄下背脊。我回頭望著阿伯斯的丘陵，只見亞隆站在最後一道暮光之中。他依然是莊重嚴肅，榮寧靜穆，正舉手向我做最後的道別。

——全書完——

作者介紹

這是喀欣卡・范史普昂戴爾自己的話：

「從我能握筆以來，就愛上了書寫和文字。我總是埋頭在書中，在筆記本裡寫滿了各種故事。我現在依然如此。

「我得到戲劇和文學研究的學士學位，以及新聞和新式媒體的碩士學位之後，就步入了社會。現在的我是個傳播顧問、文案書寫人、以及專業編輯。

「我依然透過寫書和故事來表達自己的創意。我的第一本書 The Lady of Myrdin（暫譯『鷹巢之女』）出版於 2017 年，第二本書《冥境英雄》(The Hero of Anwyn) 出版於 2019 年。這兩本書的靈感都來自於古老的威爾斯神話故事集《馬比諾吉昂》(Mabinogion)。

「我同樣熱愛童話，並有兩個短篇故事收錄於 Once Upon a Time II – The Heart of a Villain（暫譯『曾經之二：梟雄之心』），於 2021 年由荷蘭的 Dutch Venture Publishing 出版。」

在創作和工作之餘，喀欣卡的嗜好包括唱歌、彈奏豎琴和愛爾蘭的寶思蘭羊皮鼓 (Bodhran)，射箭，以及跳舞。這位多才多藝的荷蘭作家希望大家都喜歡她的作品。